명주실 타래

명주실 타래

– 어머니의 삶

정봉 김화순의 자전적 서사시집 증보판

대양미디어

내 안의 양식

내가 문학의 길에 들어선 이유는
어머니의 허기진 마음을 채우기 위해서다
배우지 못한 굶주림에 평생을 숨죽여 사셨던 울 어머니

오일장 가시는 날이면 열 손가락으로 셈을 곱했다
손가락을 구부려 가며 필산보다 암산이 더 빨랐다
그렇게 사신지 어언 팔십 성상 고갯길

기죽어 말 못하고 혼자서 흥얼거리다
사무치며 애꿎은 시대와 머리만 원망했다
내가 글을 알면 한스럽게 살아온 흔적을 남겨 둘 텐데
네가 내 흔적을 남겨달라는 어머니의 한 서린 말씀
그 소리를 듣고 자란 나는 조금이나마
어머니의 흔적을 남기려고 들어선 이 길이
내 허기진 머리를 채워주고 있다.

어머니, 존경하는 울 어머니!
당신 평생 못 채운 글 한을 제가 대신 채워 드리겠습니다.
내 머리가 어머니를 대신하여 풀어내어 보겠습니다.
저의 모습으로 만족하시며 기뻐해 주세요.
편히 쉬소서. 사랑합니다.
어머니. 우리 어머니.

반평생 달려온 흔적을
오년동안 풀어내어 가지런히 글 길에 올렸더니
책 한 권이 피었구나

행복하단다
그는 모임 앞에는 책이 먼저 앞장선다
자랑하고 싶단다
널리 멀리 날리고 싶은 모양이다
아마 이것이 대리 만족이 아닐까.

제1시집 출판기념회

제1시집 출판기념회(2015. 4. 25)

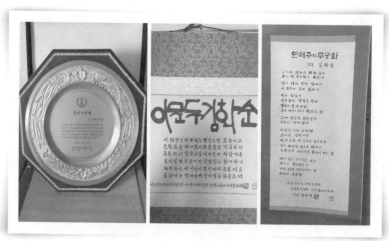

출판기념 상패 및 족자

양서라이온스 38대 회장 취임식

양서라이온스 38대 회장 취임식 후

청계문학 9집 출판기념회

2013, 2014년 활동

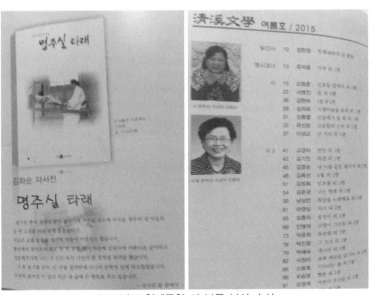

2015년도 청계문학 시 부문 본상 수상

시부모님 합봉 하던 날

이십 년이 넘도록 비탈진 산속 무덤에서
어머니 홀로 얼마나 외로웠을까
맏자식으로서 마음이 괴로웠던 그이는 좋은 날을 받아
어머니를 아버지 품속으로 안겨드렸다

전날 밤 꿈속에서 시어른 두 분을 뵈었다.
무덤 속 환한 불빛 속에서 두 분이 마주앉아
서로 절을 하는 모습을 내 눈에 보여주었다
꿈 이야기를 하니, 그이는 환한 웃음으로
"그래 이젠 됐어."
미우나 고우나 저승에서 한 집안에 계셔야 한다며
자식 된 마음이 새털처럼 가볍다며 좋아했다.

그 산소 자리는 명당자리다.
아늑한 능선 아래 탁 튀인 잔디밭엔 산새들 제졸거리고
앞 저수지의 빛나는 은빛 물결은 춤을 추는데
매일 마다 바라보실 두 분을 생각하니 명당 중에 명당이다

이제는 근심 걱정 다 풀어놓으시고
자식들이 잘 사는 것을 마음 편히
지켜보시니 이것 또한 명당이겠지.

(1992. 4월 맏자식 걱정 내려놓던 날)

차 례

1부 명주실 타래

005 · 시인의 말

023 · 엄마의 노래

024 · 모정의 세월

025 · 수의

026 · 환생

027 · 어머니

028 · 엄마의 꿈

029 · 엄마를 보내며

030 · 어머니 손맛

032 · 나물무침

033 · 엄마 발소리

034 · 까막눈

035 · 내 손이 내 딸

036 · 정신줄

037 · 방생

038 · 화려한 가출

040 · 네가 술맛을 아나

041 · 내 손이 내 딸이다

042 · 보리밥

043 · 몽당연필

044 · 옻이 올라서

046 · 잊지 못할 선생님

048 · 딸은 예쁜 도둑

050 · 똥껌

051 · 찰거머리

052 · 꿈에 속았네

2부 내 손길 하나로

055 · 뛰는 심장

056 · 가마솥 밥

057 · 물방울

058 · 가로등

059 · 총알택시

060 · 힘자랑

062 · 엿 먹이네

063 · 엉겅퀴

064 · 내 손길 하나로

065 · 우포늪

066 · 장독 항아리

067 · 조기대가리

068 · 콩나물

069 · 그때 그 맛

070 · 술이 원수지

071 · 시래기갱죽

072 · 둥지 속

073 · 찬 서리

074 · 어머니 비녀

075 · 다리 밑 엄마

076 · 인연

077 · 동정의 고리

078 · 이천 평 과수원

079 · 내 살림

080 · 내 푸네기

081 · 김치처럼

082 · 새마을 운동 시절

084 · 나의 전성기

3부 산은 열매를 맺고

087 · 큰 딸 결혼

088 · 둘째 꽃봉오리

089 · 두 딸 여식

090 · 영통 보살

091 · 가슴 속의 시어머니

092 · 아들의 입대

094 · 할미꽃

095 · 봄이 오네

096 · 메밀꽃

097 · 무화과

098 · 등나무

099 · 밤꽃 향기

100 · 유월 장미

101 · 코스모스

102 · 검정콩

103 · 낙엽의 삶

104 · 산은 열매를 품고

105 · 대보름날

106 · 앉은뱅이 술

107 · 경상도 사투리

108 · 장떡

109 · 진빵

110 · 아카시 꽃

111 · 자전거

112 · 단풍잎

113 · 우리의 정

114 · 스마트폰 시대

115 · 그립던 모녀

116 · 화투

118 · 꼬투리 잡기

119 · 새옹지마

120 · 불청객

121 · 사혈

122 · 묵사발

123 · 아이고 나도

124 · 뒤늦은 은혜

4부 추억 속에 그리움

127 · 등급이 뭐기에

128 · 추억 메아리

129 · 동갑네

130 · 농부의 심정

131 · 푸줏간

132 · 똥파리

133 · 인간의 정

134 · 닭집 주인

135 · 눈

136 · 가족이란

137 · 금오산

138 · 충견 아롱이

140 · 왓 이즈 잇

141 · 뭐가 그리 궁금하니?

142 · 군센 숙이

144 · 이런 실수가

145 · 쑥 버무리

146 · 봄나들이

148 · 평생 길

150 · 아들 입대 3일전

152 · 사촌들 여행길

153 · 개화산

154 · 제주도의 지금은

155 · 비자림 숲길

156 · 사려니 숲길

157 · 중문자연휴양림

158 · 제주 곰솔 밭

159 · 천백고지

160 · 남해 보리암

161 · 파고다공원 뒷골목

162 · 미당의 생가

163 · 백마고지에서

164 · 연해주의 무궁화

165 · 신한촌 비

166 · 화려한 붓 길

5부 고향의 삶

169 · 낙동강

170 · 동행

171 · 천만다행·1

172 · 천만다행·2

174 · 시월의 마지막 밤

175 · 돈이 뭐길래

176 · 그 아이가 보고 싶다

177 · 눈물바다

178 · 다독다독

179 · 동창회

180 · 너와 나의 인연

181 · 설레임·1

182 · 설레임·2

183 · 둥지

184 · 도배한 등본

185 · 효자 막내·1

186 · 효자 막내·2

187 · 욕심

188 · 명언

189 · 호랑이 김 선생님

190 · 의좋은 형제

192 · 두 사람의 운명

194 · 용왕님 용서하이소

196 · 곤파스

198 · 세 평 속 사랑

199 · 그 한 마디

200 · 유산·1

201 · 유산·2

202 · 무서운 병마

204 · 하모니카 소리

205 · 새마을 연탄가스 소동

206 · 인연의 끈

208 · 해바라기

209 · 반딧불

210 · 낯선 손님

6부 내 고향 나들이

213 · 문경 관문

214 · 구수한 향기

215 · 내 고향 유래

216 · 터줏대감

218 · 수숫대 집안

220 · 스승님 비

222 · 하늘아래 첫 감나무

224 · 박대통령 생가

225 · 박근혜 오동나무

226 · 미륵사

228 · 나무

229 · 무법자

230 · 배불뚝이

231 · 내려다 본 세상

232 · 다이아몬드

233 · 그림자

234 · 대가족

235 · 근심덩이 공양

236 · 눈요기

237 · 그때가 그립다

238 · 자식의 힘

239 · 정봉 김화순

240 · 우리 선생님

242 · 소꿉동무들

243 · 헛기침

244 · 다혈질

7부 충절의 고장

247 • 그이의 고향

248 • 충익사

249 • 일붕사

250 • 유학사

251 • 벽계저수지

252 • 정암루

253 • 불양암

254 • 소싸움

255 • 천강 곽재우

256 • 관정 이종환

258 • 호암 이병철

◇ 김화순의 삶과 문학

259 • 삶을 복제해 놓은 정봉의 서사시

274 • 책을 펴내며

1부

명주실 타래

한 문단 두 문단 탄생한 글 길이
이름을 찾았네. 명주실 타래
내 실타래가 술술 풀려 이줄 저줄 걸어놓고
높이 날아 멀리 뛰어
행복이란 보따리를 펼쳐 보리라.

엄마의 노래

베야 베야 어서 짜서
시어머님께 인정받고

한 폭 두 폭 많이 짜서
우리 자식 살찌우자

이 베 짜고 돈 벌어서
억만장자 부럽지 않게
서울 구경 하러 가자

베틀 앞에 앉아서
철컥철컥 짤 때마다
명주 베도 쌓이고
엄마 마음도 풍성 했었지

모정의 세월

사타구니 짓무를까 노심초사 호호 불며
기저귀 살랑 바람 일구며 까궁 거리던 어머니

방긋거리는 자식 보며
온 정성 다 쏟으며 행복했던 어머니…

그 딸년이 어머니에게
면 기저귀 채워주고 애교떨며
어머니 웃음 꽃 뽑아내는구려
어머니!
어머니에게 받은 모정 십분의 일이라도 돌려 드리오리다

수의

손수 누에를 키워 정성으로 만들어
저 세상 갈 때 입고 가시겠다던 어머니는
애지중지 키운 춘추잠이 부정 탈까
이리저리 금줄 치며 온 마음을 다 쏟았지

누에고치 실 풀어서
한 폭 두 폭 쏟은 땀으로
수의를 만드셨네. 영혼을 지으셨네

좀 벌래 탐낼까 걱정이 앞서
봄 햇살에 널어 말린 어머니의 수의

팔십 해에 저 세상 가실 때
명주 옷 입고 근심 걱정 다 풀어놓고
편안하고 예쁜 모습으로
자식에게 고운 인상 남겨주고
멀리 떠나셨네. 훌훌 털고 가셨네

환생

옥색 명주옷 갈아입으시고
두 눈 꼭 감고
리무진 타고 고향 땅으로 들어가신 엄마

그날 밤 옥색나비로
자식들 못 잊어 날아오셨네

평상에 앉아있는 맏상제 어깨 위에
사뿐히 내려앉아 손짓하신 울 엄마

사흘간만 더 머물겠다고
몇 바퀴 마당을 날아돌더니
빈소 안 형광등 손잡이에 머물러
기어이 삼오제날 날아가셨네
엄마! 자식들 걱정 마이소
당신 그리움을 지니고 잘 살겠노라고
두 손 흔들며 보내 드렸지

어머니

이젠 걱정 마이소, 어머니
잘 살깁니다
앉으나 서나 우리 걱정하시는 어머니

저승가신지 몇 년이 흘러도
아직도 자식 걱정에 잠 못 이루시나요?

가지 많은 나무 바람 잘 날 없다지만
다 자리 잡고 바람 풍파 흘려보내며
잘 살고 있습니다

그 중에 이 딸년도
어머니와의 약속을 지키고 나니
마음이 조금은 홀가분합니다
어머니, 나의 어머니,
이젠 푹 쉬세요. 사랑합니다

엄마의 꿈

뭐가 그리 급하셨던지
병원을 옮겨달라고 성화를 하셨다
서둘러 옮기고 나니 긴 한숨을 쉬셨다

곤히 주무시더니
소스라치게 놀라셨다.
"엄마, 왜 그래? 꿈 꿨어?"
"얘들아, 그곳에 들어가면 안 된다."
"왜, 왜 그래?"

"아이고 야들아! 큰일 날 뻔했다. 휴우."
잠에서 깨어 한숨을 돌리시더니 꿈 이야기다
"큰 오동나무통에 누른 변이 이글이글 끓어 넘치는데
너희들이 통 속으로 들어가고 있더구나."

"엄마, 그 꿈은 돈 꿈이네."
"그래, 내 새끼들, 내 꿈 사가거라
내 자식들은 돈에 구애받지 말아야지."
"엄마도 돈 걱정 말고 넉넉히 쓰세요."
자식들은 노잣돈을 서로 넣어 주었다
어머니는 마지막 길에도 자식 걱정만 하셨다

엄마를 보내며

엄마를 보내며 나는 더 이상 잡지 않았다
좀 더 머물러 계시라고 말하고 싶지 않았다
가지 많은 나무에 바람 잘날 없다고
자식들 모두가 한 뱃속에서 태어났지만
제각기 뻗어나가기 바쁘고 긴 병에 효자 없더라

더 험한 꼴 안 보고 더 고생하지 마시라고 가시는 길 잡지 않았다
엄마는 모든 걸 알고도 모르는 척 두 눈을 감았다
그저 그냥 편안히 예쁜 모습을 자식들에게 남겨 주고 싶은 모양이다

나도 더 이상 아무에게도 묻지 않았다
모두 묻어 버리자
모두 덮어 두자
긁어서 부스럼 만들지 말자고

어머니 손맛

부슬비 오는 여름날이면 어머니는
낡은 대청마루에 쪼그리고 앉아
누리끼리한 양푼 속에
거무칙칙한 밀가루 반죽을 치댄다

구성진 유성기판 노랫가락에 맞추어
흥얼거리며 잘도 뭉쳐대신다
넓고 길쭉한 널판 한쪽을
대청마루에 척 올려놓고
밀가루 반죽을 둥글게 펴서
긴 홍두깨로 돌돌 말아 비벼댄다

뭉툭한 배불뚝이 시퍼런 무쇠 칼로
곱게 쫑쫑 썰어 훌훌 흔들어
부글부글 끓는 가마에 푹 끓여 휘휘 저어대면서
뒷담벼락에 애호박 하나 뚝 따와서 고명으로 올려놓고
한 대접씩 푹푹 퍼주시던 그리운 어머니

설익은 김치 한 접시 양념간장 한 종지로도 만족했던
그 시절 둥근 상 머리맡에 둘러앉은 삼대 가족의

웃음꽃 향기가 입맛을 돋아주었다

아직도 군침이 입안에 가득 고이는 구수한 냄새가
온 머릿속을 휘젓는
그리운 어머니 손맛, 그 국수 맛

나물무침

내 어릴 적 울 엄마는
뒤란 채소밭에서
소꿉배추 두어 포기를 뽑아서
펄펄 끓는 무쇠 솥에 삶아
물속에 살살 흔들어 꼭 짰다

도마 위에 놓고 송송 썰어
양푼에 진간장 참기름 깨소금 넣고
돌리고 굴리며 얼버무린다

요리조리 조물조물 바락바락
고소한 냄새가 솔솔 난다
역시! 나물무침은
어머니 손맛이었다

엄마 발소리

옥수수 한 접을 머리에 이고
오일장 이십 리길을 걸어가신 엄마

하루 종일 기다리는 육남매 자식들은
귀 기울여 삽짝만 바라본다

산 너머 해는 저물어 가는데
기다리는 엄마는 오질 않네

싸늘해진 아랫목 이불 속에는
찬밥 덩이만 놋그릇에 담겨 있다

어둠살이 낄 무렵
바스락 바스락, 타박타박
담 밖에서 발소리

기다리던 자식들 달려가
엄마! 소리쳐 불렀네

팔다 남은 강냉이 머리에 이고
또 이십 리 길을 걸어오신 엄마

까막눈

평생을 두 눈 뜨고 글 모르는 울 엄마
속상해도 큰소리 한번 못 치고
문맹으로 열다섯에 시집 와서

세월만 탓하며 부지깽이로 부엌 바닥에
1, 2, 3, 4, 숫자만 삐뚤게 그려 대었었지

자신 있게 혼자 목욕탕 간다던 엄마는
열쇠번호 세 자리 숫자에 당황하여
250번 끝에서 맞추면 중간이 없고
앞에서 맞추면 뒷자리가 없다던 엄마

자존심 때문에 물어보지도 못하고 서성거리니
"할머니 몇 번 찾으세요." 주인 소리에 그만
"응, 이곳인데 안보이네." 하셨지
주인이 "몇 번인데요" 다시 묻자
그 번호를 읽지를 못하여
"이번호!" 하며 보였다는 엄마
주인이 "바로 앞에 있네요." 하자
그제야 후유, 묶은 체증이 풀리는 듯 했다는
까막눈이 여기 있다고 푸념했다는 울 엄마

내 손이 내 딸

조그마한 체구로
어찌나 동동거리며 다니셨던지
동서남북을
날아다니듯 빠르셨던 울 엄마

뒷동산에 소나무 갈비 끌어와
흐뭇한 표정으로 저녁밥 지으시면
활활 타오르는 아궁이속 불처럼
엄마 볼도 발그레 했다

내 손이 내 딸이라던 울 엄마
어찌나 그 볼이 예뻤던지
그 때는 세상에서
울 엄마가 제일 예뻐 보였다

정신줄

평생을 아버지 정신줄에
바싹 매달려 사셨던 어머니

아버지 보내시고
긴장 풀렸다던 어머니는
훨훨 날개 달고 살 줄 알았는데

몇 년 못 가서
밥숟가락까지 놓고
아버지 정신줄 잡으러 따라가셨네

방생

그저 그냥 내 것인 줄만 알고
꼭꼭 묶어 돌돌 말아 내 머리 속에
오십 몇 해를 담아 두었다가

이제야 한 줄 두 줄 꺼내어 풀어보니
이백 줄이 넘게 풀렸구나
내가 살아온 발자취와 사랑의 이야기가

그래 이제는 모두를 방생해야지
내 글 타래를 풀어 나누어 주어서
누군가를 즐겁고 행복하게 해줄 수 있다면
내 모든 정력을 활 활 활 태워
새털처럼 가볍게 날려보리라

화려한 가출

딱 걸렸네. 딱 걸렸어!
걸려도 요렇게 걸릴 줄이야
중3 사춘기 소녀 시절에
객지에서 온 친구 따라
다섯 명이 환상을 안고 가출을 했다

2시간도 안 되어 기차에서
경찰에게 잡혀 대구로 끌려갔지
"아니, 요것들 봐라!
머리에 쇠똥도 안 떨어진 것들이
부모 몰래 도망을 나와!"

경찰관은 눈을 부라리며
집을 나온 까닭과 돈의 출처를 다그쳤다

"너는 무슨 돈 가져 왔노?"
"아, 아버지가 농암장날 개판 돈 장롱에서 훔쳐 왔어요."
아이는 몸을 사시나무처럼 떨었다

"다음 넌?"

다음 아이는 콧물을 훌쩍거리며
"엄마가 점촌 장에 옹기 판 돈,
단지 속에 놔둔 것 가져왔어요."

그 다음 아이는
엄마가 담배 조리품팔이로 받은 돈 꺼내왔다 했고,
나는 아버지가 나무판 돈 훔쳐왔다고 자백했다

객지 친구는 주모자라서 뺨을 맞았다
손목에 쇠고랑을 채워 엎드려 놓고
몽둥이로 때리며 모두에게 겁을 주었다

그래도 집에 돌려보낼 때는
전과자라고 위협주고 감방 생활했다며
순두부 먹여서 보내주신 경찰관 아저씨!
1박 2일의 화려한 가출사건은
지금까지도 가슴에 묻고 살고 있다

네가 술맛을 아나

동네에서 제일 처음으로
초가지붕 걷어내고 기와지붕 올리던 날
뒤껼 장독대 앞 큰 도가지 속에
막걸리를 가득 채워 놓았다

달콤하고 걸쭉한 냄새에 홀려
조금씩 퍼 다가 사카린을 넣어 마셔버렸지
그 달콤한 맛은 기막히게 나를 유혹 했었네

가만히 있어도 하늘과 땅이 빙빙 돌고
일어나려면 비틀거리는 것을 본 엄마는
잘한다 잘해. 뭐가 되려고 저리 술을 마셨나
네가 술맛을 알기나 하나
누가 지아비 딸년 아니라고 할까봐 아이고 쯧 쯧 쯧
혀를 차며 남세스럽다고 얼른 들어가 한숨자라고
어머니는 마구 구박을 하셨다

아무 말도 못 하고 비틀거리며
부엌방에 들어가 픽 쓰러지니
온 방이 뒤집히며 화끈거리는 것이었다

그때 몰래 마시던 사카린 막걸리 대신
오늘 모임에는 막걸리 한 대접 앞에 놓고
혼자 피식 웃는다. 추억으로 웃는다

내 손이 내 딸이다

자그마한 체구로
어찌나 발발거리며 다니셨던지
사방팔방 날아다니듯 빠르셨던 울 엄마

뒷동산에 소나무 갈비 끌어와
흐뭇한 표정으로 저녁밥 지으시며
활활 타오르는 아궁이 속 불처럼
엄마 볼도 불그스레 청춘 삼키는 듯했다

내 손이 내 딸이라던 울 엄마
어찌나 그 볼이 예뻤던지
세상 울 엄마가 제일 예쁜 줄 알았어

보리밥

내 어린 시절의 보리밥
엄마는 보리쌀을 푹 삶은 뒤
보리밥 위에 쌀을 씻어 안치고
손 등 위까지 물을 맞추어
무쇠 솥뚜껑을 닫고 불을 지피셨지

불을 때면 구수한 냄새가
온 집안에 풍기고
어머니는 식구들 밥을 떠서
대바구니에 담아
처마 끝에 줄을 매어 달아놓았지

그 밥은 한나절 일하고 돌아오는
식구들의 점심밥이었네
앞밭에 달려가 고추와 오이를 뚝 따와서
된장에 꾹 찍어
보리밥에 물 말아 먹는 맛은
세상 무엇에도 견줄 수가 없었네

몽당연필

서랍 속에 구르는 몽당연필 찾아
희미한 호롱불 밑에 앉아
침 묻혀가며
가, 나, 다, 라 글줄을 잡았었지

구멍 난 양말을 한 땀 한 땀 꿰매시던 엄마는
옆 눈으로 힐끔힐끔 넘겨다보며
내 새끼 글눈 틔운다며 좋아했었지

엄마 칭찬에 신이 난 나는
고사리 손에 땀 고이는 줄 모르고
누리끼리한 국어 공책에
밤늦도록 꼭꼭 눌러 새겨 넣었지

그렇게 새겼던 첫 글이
지금에 시 행간을 오르내리며
문맹 길을 벗어나지 못한 엄마에게
유년시절을 같이했던 몽당연필이
오늘따라 유난히도 반짝이고 있구나

옻이 올라서

그 중 유독 나란 말인가?
옻나무 근처만 가도 온몸이 울퉁불퉁 솟아올랐다

아버지는 나를 덥석 안고 소 오줌통에 푹 담갔다가
건져내어 쇠똥 무덤 앞에 세워놓았지

울고 불며 오들오들 떨고 서있다 보면
놀랍게도 솔봤던 붉은 몸뚱이는 어디론가 사라지고
온 몸뚱이는 소 오줌 찌른 내만 풍겼다

미웠던 아버지는 씻은 듯이 묻히고
고맙다는 말 대신 두 주먹으로 때리며 투정을 부렸다
내 속을 아시는 아버지는 옷을 벗겨 목욕을 시켜주시며
승리한 표정을 지으시고
옻에는 오줌 만 한 약이 없단다 하시며 웃으셨다

요즘은 그 무서운 옻나무가 보약이란다
남편이 몰래 옻을 먹고 오는 날이면
귀신같이 내 몸에는 변화가 온다
"또 먹고 왔어! 어유 지겨워."

그는 미안한 듯 옻이 눈과 간에 좋다기에 먹었단다

옻나무에 양면성처럼 강한 자에게는 약이 되고
약한 자에게는 독이 되는 우리의 현실도
겉으로는 웃고 속으로는 경쟁하고 있는 것이다

잊지 못할 선생님

"에이! 그때 좀 자세히 볼걸."
"야! 뭘 봐 뭘? 너 죽을래?"
중년의 여학생이 중년의
남학생 머리를 한 대 쿡 쥐어박았다
모두 웃느라 좌석이 뒤집어졌다

이번 동창회에서도 어김없이
한 친구가 그 담임선생님을 등장시켰다
"얘들아! 김 선생님 어디 사는지 아나?"
"몰라. 건강하실까?"
"가끔 한 번씩 생각이 나네."
모두들 죽어도 못 잊겠다며 흥분한다

국민학교 5학년 때였다
해님이 이글거리던 그해 여름
노총각 선생님은 우릴 학교 앞 개울로 데리고 가서
모두 옷 홀랑 벗고 물로 들어가라 했다
쭈뼛쭈뼛 옷입은 채로 물만 적시고 나왔더니
선생님은 노발대발 목소리에서 불이 났다

급기야 그 불똥은 우리 반 여학생들에게 튀었다
우리를 모두 홀랑 벗겨 연못 속에 집어넣었다
연못의 오리들은 자기네 구역에 왜 왔냐고 꽥꽥 거리고
다른 반 애들의 놀림 속에 창피해서 가슴만 가리고 울었다

아직도 짓궂었던 그 선생님을 잊지 못하는 모양이다
동창들 만나면 지금도 짓궂은 남학생들의 안주감이다
되돌아보면 동화 같은 아득한 옛 이야기이다

딸은 예쁜 도둑

아버지는 소장수였다
오일장 마다 큰 소 팔아 송아지를 사오셨다
내가 중3 때 이었던가
암소 한 마리를 내 시집밑천이라고 지정해주셨다

객지에서 살다가 21살에 고향 가서
시집간다고 소 팔아 달라고 졸랐더니
아버지는 오일장에 가서
소 두 마리를 팔아 와서 협상하자고 했다
"그래 어쩔래. 이 돈이 소 두 마리 값이다
반으로 가를래? 다 가져갈래?"

옆에서 아버지 눈치와 내 표정을 살피던
어머니가 한 마디 거든다
"설마 지도 사람인데, 반은 주고 가겠지."

나는 그 돈만 가지면 살겠다 싶었다
"다 주세요. 아버지는 그 돈 없어도 살잖아요."

"저 지지바가 콩까풀이 씌어도 유분수지."

아버지는 돈을 방바닥에 패대기쳤다
나는 얼른 그 돈을 주워가지고
골방 호롱불 밑에서 세어보니
일백 팔십만 원 이었다
아버지, 어머니가 뭐라고 했지만
나는 들은 척도 안했다

이른 새벽에 살그머니 집을 나왔다
서울행 버스 첫차를 탔다

그 돈으로 사업을 시작하였다
20년 만에 시골 부모님을 모셔왔다
서울에서 한 지붕 아래 7년 동안 살았다

남편과 나는 부모를 정성껏 모셨다
아버지는 딸년은 얄미운 도둑년이라며
행복한 표정으로 한 마디 던졌다
내 딸 년이지만 지독한 년이었다고…

똥껌

엄마가 오일장 다녀오면서
풍선 껌 한 통을 사왔어
온종일 그걸 씹으며 요술풍선을 불어댔지

똥껌이 되도록 씹다가 잠자리에 들 때
아랫목 비름박에 붙여 놨더니
따뜻한 방바닥으로 흘러내려
머리카락에 붙어 얽혀버렸어

머리카락은 비벼댈수록
껌은 더 엉기고 붙어서
감당을 못하게 되니까

어머니는 아버지 이발기로
내 머리칼을 빡빡 밀고는
뽀뿌링 분홍수건을 씌워 주었지

나는 그 자리에 주저앉아
똥 껌이 머리카락 빼앗아 갔다고
악을 쓰며 아 앙 울어댔지
이제는 추억이 된 그리운 이야기야

찰거머리

엄마야 나 살려!
거머리가 붙어 후다닥 모판에서 뛰어 나와
발을 동동 구르며 호들갑을 떨어도
종아리에 착 달라붙어 떨어지지 않는 찰거머리

아버지는 무서워하지 마라!
단 피 좀 빨아 먹겠다고 붙었는데 했다
그 말을 들었는지 줄자 재듯 축 늘어져
마음 놓고 쭉쭉 내피를 빨아 당긴다

아버지는 내 다리를 찰싹 때리며
"예끼, 이놈 그만 빨아 먹어라!
내 딸 아까운 피 다 빼 먹네."
뚝 떼 내어 손톱만 하게 움츠린 거머리를
이놈! 하고 호령 치며 논바닥으로 휙 던졌다
거머리는 모판 흙탕 물속으로
허겁지겁 몸을 흔들며 생명줄을 잡는다

꿈에 속았네

잠이 깨자마자 머리채를 흔들어 본다
온 몸뚱이가 스멀거린다
생각하면 지금도 움츠려든다

온몸을 부딪치며 옹기종기 자던 시절
부스럼덩어리 머리에 서캐가 슬어서
엄마는 엄지손톱으로 토도독 누르며 몸서리를 치셨다

내가 사르르 잠이 든 사이에
디디에이치 약을 머리에다 뒤범벅 해 놓았다
잠에서 깨어 놀라서 원망을 하며
홀홀 털어대며 팔팔 뛰며 울었었지
왜 느닷없이 꿈속에 나타났을까
꿈에 속은 것이 생각만 해도 소름이 돋는다
어젯밤 꿈속에서 이가 스멀거리는 머리에
엄마가 서캐를 훑어내는 꿈을 꾸었다
엄마의 영혼이 지금도 내 걱정을 하는 모양이다

2부

내 손길 하나로

문득 내 두 손을 마주 잡았다

눈물이 핑 돈다

우묵주묵한 손등이 주름의 훈장으로

열심히 살아온 세월을 보여주는 듯하다

남들은 두꺼비 손 같다고 하지만

나는 나의 손에게 물어본다

의령신문 기사(2014, 2015년)

뛰는 심장

출렁거리는 푸른 물결
물결과 경주하는 물고기들도
만선을 기원하는 어부들도
모두들 출렁거린다

모두들 가슴에
파도치는 물결을 담고
바다를 헤쳐 간다

그들을 바라보는
내 뛰는 심장도 출렁거린다
파도가 되어 나를 흔든다

가마솥 밥

아궁이의 불길에
무쇠 솥은 얼마나 뜨거울까
솥 안에 밥알은
또 얼마나 고통스러울까

쌀알이 몸부림을 치고
무쇠 솥은 흠뻑 눈물에 젖는다
한 뜸 들여 들어다보니
뽀얀 옷 갈아입고
고슬고슬하게 숙성한 밥이
엄마의 한 세월 같구나

물방울

원 없이 한줄기 내리고 떠난 장마 끝에
녹색 식물들이 행복한 웃음을 짓는다

한 방울도 떨어지지 않으려고
꽃잎 위에 방울방울 뭉쳐서 애 끓이고 있구나
도돔발, 도돔발 바람이 불면
잎사귀에 붙어 떨어지지 않으려고
대롱대롱 춤추는 듯하다

밤이 오면 별님과 속삭여 이슬을 맺게 하고
낮이면 잎사귀 뒤에 몰래 숨었다가
또다시 나와서 투명한 눈길로 속삭이겠지

가로등

너 때문에 미치겠다
밤새도록 환한 불빛
허우대만 멀쩡한 빛 좋은 개살구

너 때문에 망했다
낮에는 졸다가 잠 안자는 너 때문에
농작물도 잠들지 못 한다

너 때문에 괄시 받는다
탐스런 열매를 맺지 못하고 잎만 무성하니
농부의 마음은 새까맣게 타들어 간다

너 때문에
결국은 영글지 못해 대우받지 못하고
낫으로 툭툭 허탈하게 잘려지니
이 모든 사단이 다 가로등 너 때문이야

총알택시

뭐가 저리 바쁜지 과속주행 연속이다
달리는 옆 차선 두 눈을 부라려
아래위로 훑어보고
폭행주행 달리더니
저 멀리 메아리 소리 퍽 끼이익

십 리도 못 가서 발병 났네

힘자랑

이른 아침
부스스 눈을 비비고
냉장고 문을 벌컥 열고 한참동안 들여다본다

오늘은 또 무엇이 내손에 잡힐까
무엇을 내 새끼들에게 먹여야 할까
어미의 마음은
구석구석 탐색을 한다

그래! 오늘은 요놈으로
푸짐한 식탁을 차리자
어차피 약육강식 인생 아니더냐

주섬주섬 꺼내어
목욕을 시킨 후 뽀송뽀송한 도마 위에 올려놓고
요리조리 다듬고 모양내어 탕탕 치고
손질 한다

냄비는 멜로디와 팡파르가 울리며
뽀글뽀글 너울너울 흥겹게 장단 맞추어

들썩 거린다

어차피 한세상
구르고 굴러 나보다 더 힘센 자에게
희생하러 태어나지 않았던가
미안한 마음에 마음이 아리다

엿 먹이네

힘들게 쓸고 닦고 땀 빼고 돌아보니
강아지가 기어 나와
질퍽거리며 오줌 싸며 지나가네

화가 나서 던진 빗자루에
아프다고 깨갱 깽!
물똥 싸며 지나가네

엉겅퀴

뭉치면 꽃이 되고
흩어지면 솜털가시다
펄펄 나르다 떨어지는 자리가
내 집터인걸

내 손길 하나로

문득 내 두 손을 마주 잡았다
눈물이 핑 돈다

우묵주묵한 손등이 주름의 훈장으로
열심히 살아온 세월을 보여주는 듯하다

남들은 두꺼비 손 같다고 하지만
나는 나의 손에게 물어본다

너는 앞으로도 얼마나 더
인연 닿는 이에게 베풀어 줄 수 있겠니?

물어 보고 부탁하며
가지런히 두 손등을 살살 비벼 본다

우포늪

푸르고 푸르른 우포늪
어디까지인지 가도 가도 끝이 없어라
오른쪽으로 한 바퀴, 왼쪽으로 한 바퀴
아무리 돌아도 어디가 어디인지 모르겠더라

이 넓은 우포늪에는
부레옥잠, 연꽃, 마름, 개구리밥, 부들
이름 모를 수생초의 천국이다

곱게 화장한 꽃들은
구경하는 사람들의 눈길을 붙잡겠다고
한들한들 춤으로 유혹을 하고
저 멀리 황새, 백로, 오리들은
뭔가를 잡겠다고 머리를 숙여
물속을 더듬고 있다

물고기 잡으면 머리를 높이 처들고
기쁨의 표정으로 사방을 둘러본다
저 우포늪에는 여러 가지 물고기들이
세상을 담은 물속을 누비고 있겠지

장독 항아리

옹기종기 모여 앉은 고향집 항아리
엄마는 가을걷이 곡식을 담아두었지

된장 고추장 묵은 지 발효가
제각기 부글부글 숙성이 되고
온 집안에 영혼의 향기 맴돌곤 했지

엄마의 손 때 묻은 장독대가
반짝거리며 눈길을 끌었었는데
흐르는 세월 속에 낡아 깨어지고 허물어져
저승꽃 피듯 구석구석 주름살이 얼 걸어졌다

흘러버린 세월을 뒤돌아보며
물끄러미 오고가는 길손들을 바라보는 듯
항아리가 마치 거울속의 엄마를 보는 듯하다

조기대가리

탁 탁 탁, 톡 톡 톡!
집안이 쩌렁쩌렁 울린다

조상님 기일 다음날 아침이면
요란한 조기대가리 쫑그는 소리로
제물이었던 조기는 가루로 변하여
새우젓과 갖은 양념 맞춰 입는다

밥솥에 푹 익혀 곱게 단장한
조기의 새 모습을 본 식구들은
모두들 그 모습 그 냄새에 홀려
눈독을 들이며 입맛을 다신다

그 맛을 아는 식구들은
지금도 조기 대가리만 찾는다

콩나물

도리깨질에 두들겨 맞고서야
벽을 뚫고 한 톨씩 깨어나는
동글동글 귀여운 콩알 녀석들

콩나물시루에 처박히게 되면
앞 뒤 돌아볼 겨를도 없이
대가리 쳐들고 위로만 뻗어
맛좋은 콩나물이 되어간다
칼잠의 시간을 이기고 마침내
세상 밖으로 노란 얼굴을 내민
어머니가 기른 콩나물
두건이 씌워지고 봉해진 입으로
이곳저곳 헐값으로 팔려나가는
국민의 밥상 며느리 콩나물

그때 그 맛

논매시는 아버지 심부름으로
주막집에서 막걸리 한 됫박 받아
아버지에게로 가는 길에
달짝지근한 유혹에 못 이겨
홀짝홀짝 빨아 넘기던 그 맛
에구머니나 이걸 어쩌나
주전자 속이 반으로 줄었네
헐레벌떡 달려가 앞개울로 채웠지

반가운 얼굴로 논두렁에 걸쳐 앉아
한 대접 걸게 들이켰던 아버지
"카! 술이 와 이리 싱겁누?
울매나 냉길려고 물을 이리 많이 섞었나."
애매한 주막집 아지매 원망 속에
찌푸린 눈가 주름살이 술맛을 보여주었지

온몸이 얼얼하게 취한 나는
아버지 눈치만 살피며 아무 말도 못했지
아직도 그 막걸리가 내 몸 안을 돌고 있는지
가끔은 생각난다. 그때 그 맛이…

술이 원수지

술이 없으면 불안하다는 아버지
한 손을 떨면서도 소주를 찾았었지

허리 못 펴고 일만 하시는 엄마에게
온종일 뭣하고 왔냐며 아버지는
저녁상을 마당에 휙 집어던졌다

마당에 엎드렸던 아롱이가
재빠르게 달려들어
허겁지겁 진수성찬을 받는다

엄마는 한숨을 쉬며 궁시랑 거렸다
"술이 원수지 잘한다. 잘 해!
아이고, 내 팔자가 왜 이런노?
죽 쒀서 개 주는구먼."

시래기갱죽

가을걷이가 끝날 때쯤이면
김장하고 남은 무청을
담벼락 위에 여기저기 걸쳐 말린다

보름쯤 삐들삐들 말려 홀홀 걷어
헛간 선반위에 걸어놓지

눈발이 휘날리는 겨울이면
바스러진 시래기를 살포시 물에 불렸다
멥쌀 넣고 푹 끓인 시래기갱죽
온 집안에 시래기영혼이 휘날렸었지

입에는 갱죽 냄새에 군침이 고이고
밥상머리에 앉아 놋대접에 한 그릇씩
배불리 먹었던 시절이 있었지
아~그때 그 갱죽 한 그릇이
온종일 허기진 배를 채워 주었지

그 때는 허기진 배를 추워주던
무청 시래기가 지금은
별미로 고가의 상품 대우를 받고 있다

둥지 속

내 고향 마을 앞 도랑물 속에는
피라미, 송사리, 꺽지가 참 많이도 살았지

논매러 가는 아버지 손잡고 자박자박 따라가
논두렁에 벗어놓은 아버지 검정 고무신 한 짝 들고
꼬리치며 노는 물고기에 훼방꾼이 되었지

해 저무는 줄도 모르고 찰박철벅 놀다보면
순아, 이제 그만 집에 가자

물속에서 나온 나는 입술이 파래서 바르르 떨며
뽀얀 지지미물방울 원피스 홀홀 털어내고
따뜻한 아버지 품에 꼭 안겨 집으로 갔었지

찬 서리

이른 아침부터 아버지의
억장 무너지는 소리가 들린다

저 건너 밭곡식이
뒤늦게 제구실 하겠다며 여물어 가는데
찬 서리에 모두 삶겨버렸다는 것이다

"후유, 이걸 어찌하나. 어쩌면 좋누?"
서릿발이 날카롭게 쏟아 부어
밤사이에 푹 주저앉고 말았네
찬 서리가 무슨 힘으로
들판을 다 삶았단 말인가
뒷짐 지고 허탈하게 서 있는 아버지의
흰 머리카락이 칼날처럼 솟구치는 것 같았다

어머니 비녀

평생을 비녀만 꽂고 다니시던 엄마가
큰 집 언니 시집가는 날 잔치에 갈려고
농암장에 가서 머리에 고대를 하고 왔다
못마땅한 아버지는 밤새 잔소리를 하셨다

참다못한 나는 큰 소리로 말했다
"그만 좀 하세요
엄마가 무슨 죽을죄를 졌다고 그리 못살게 굴어요
엄마 내일 당장 머리 싹둑 잘라서 빠글빠글 파마해요
요즘 누가 비녀를 꽂고 살아요?"

당돌하게 달려드는 딸년을 보고
아버지는 눈에 불을 켜시면서
자식교육을 저렇게 밖에 못 했냐고
애매한 엄마에게 분풀이하셨다

객지생활 몇 달 후 추석에 고향을 갔더니
엄마 머리는 파마로 뽀글뽀글했다
"비녀는 어쨌어?" 하고 엄마를 얼싸안았다
가슴에 왈칵 왈칵 눈물바람이었다

다리 밑 엄마

한겨울이며 내 고향 집 아랫방은
가마니 짜는 공장이다
새끼줄을 가마니틀에 일렬로 걸어놓고
바디가 아래위로 오르내리면서
짚을 끼워 쿵더쿵 쿵더쿵,
엄마와 아버지는 가마니를 참 잘도 짜셨다

옆에서 한나절 놀다가 지루해서 치근덕거리는 나에게
"아이고, 저 건너 신작로 다리 밑에서 우리 딸 주어왔는데
말 안 들으면 다리 밑에 다시 보내줄까?"

아버지의 그 소리가 왜 그리 서러웠는지
뒷방 구석에 쪼그리고 앉아서 몰래 훌쩍거렸지
정말 신작로 다리 밑에 거지 엄마가 울 엄마인 줄 알았어

인연

행운일까, 운명일까
전생의 인연이었을까
예상치 않았던 만남으로
우리는 고리를 잡았었지

어떠한 예상도 없었지만
우리는 하나로 묶였다
참으로 단단한 인연의 끈으로

낱말이 모여 문장이 되고
종이와 붓이 만나 그림이 되듯
우리들도 그렇게 새 삶을 창조했다

한 그늘 아래 쉬어가는 동안
행운의 열쇠를 잡은 우리들은
작은 씨앗이 울창한 숲을 이루듯
오늘의 삶을 가꾸어 냈다

다음 생에 또 새로운 인연으로
우리는 다시 만나서
더한 행운의 보따리를 풀기를
오늘도 기원하며 하루를 산다

동정의 고리

내 나이 스물한 살 꽃망울 맺을 시절
사랑보다 연민으로 만난 그대

그의 직업도 모른 채
해말끔한 차림을 따라
어느 날 같이 출근을 했다

그의 직장은 신축 공사현장이었다
공사현장
건 축일을 하는 일었다
마음은 얼어붙으며 눈물이 흘렀다

연민의 고리가 사랑이 되어
먹구름과 우박으로 몰려왔다

이천 평 과수원

서울은 눈뜨고 코 베어 가는 곳이고
남자들은 모두 도둑이고 사기꾼이니
먹는 것은 아무렇게 먹어도
잠자리는 가려 자라던 아버지 말씀

그 말씀을 콧등으로 들었는지
서울 온지 반년 만에
남자 있다는 것 알고
결사반대하셨던 아버지

사윗감은 고향에 이천 평 과수원이 있고
살림살이도 넉넉한 사람이라고 설득해서
우리는 서둘러 결혼을 했다

신혼 여행길에 고향에 갔더니
사방이 단감 밭이고 천지가 황금빛이다
그 많은 의령단감 밭 중에 우리 밭은 어디냐고
기대에 부풀어 물었더니
남편은 "응, 저기 저." 하며
어느 집 울타리를 가리켰다

"잉, 이천 평 과수원이 울타리란 말이요?"
그는 머리를 숙이며 입을 꾹 다물었다

내 살림

신접살림 되돌아보니
십 년 안에는 내 살림이 아니었다
일곱 평짜리 가게 안에
세 평 방에, 부엌, 다락 내어놓고
이대 가족이 아래 위층 오르내리다가

시누이들 출가하고
시동생 입대하고 나니
십 년 세월이 흘렀더라

그제야 우리 네 식구
옹기종기 모여 한 이불속에서
다복하다는 뜻이 무엇인지 알았었네

내 푸네기

앉으나 서나 내 푸네기들⋯
근심 걱정에 눈시울 붉히던 세월이
언제 이리 많이도 흘렀나

고맙다! 내 푸네기들
마음껏 보태주지도 못하고
마음만 싣고 지금까지 달려왔는데
그래도 잘 자라는 모습들이
대견스럽기만 하구나

오늘까지 살아온 그 마음 변치 말고
앞날은 더욱 값지게 살아 보자꾸나
고맙다 내 푸네기들
모두를 사랑한다

김치처럼

한 포기 배추처럼
모질고 매몰찬 추위에도
꿋꿋이 버티어냈기에
이렇게 살아남은 나의 힘이여

때로는 절실한 구조를 바라기도 했고
한 두 번은 포기할까 절망도 했다
돌아보면 웃음보다
눈물이 더 많았던 나날이었지만
이 자리를 만들려고
힘들고 모진 풍파를 이겨냈다
내 옆에 든든한 기둥이 있네
나의 노래, 나의 친구, 나의 사랑이여
그대의 잔소리가 싫은 적도 있었지만
그것마저 소중히 삭히고 살아왔지

지금은 잘 익은 맛깔난 김치가 되어
그대라는 명품 항아리에서
좋은 김치로 숙성되고 있다

새마을 운동 시절

70년도 중반이었던가
새마을 운동 시작으로
온 동네에 먼동이 트면
새벽종이 울리네
새 아침이 밝았네
동네 이장 집 음악 소리가 온 동네를 깨웠다

평생을 아궁이에 나무만 태워왔던 시절에 연탄이 들어왔다
온 동네 신바람 속에 연탄아궁이로 탈바꿈하여
불타는 화력으로 스물일곱 구멍을 태웠다

따스한 구들방에 모두들 곤히 잠든 사이
가스라는 놈이 온 몸을 휘젓고 목숨을 뺏어가려 했다
아침에 경계선을 헤매는 것을 본 아버지는
동치미 국물 한 대접을 나에게 먹이고
얼른 마당에 엎어놓고 땅 냄새 맡으라며
발 동동 구르셨지

얼음처럼 찬 공기가 내 속으로 들어와
흐릿한 정신 붙잡아서 숨을 불어 주었지
좋으면서도 섬뜩했던 스물일곱 둥글뱅이 꺼먹연탄
새마을 운동으로 나타난 문명의 이기利器

나의 전성기

IMF 때였다
부도났다는 소리는 뻥뻥 터졌고
중소기업들은 울상을 지었다
기회는 이때다 싶어
부도난 물건을 헐값에 사들여
반값으로 팔았다
모두가 돈이었다

주렁주렁 주머니 달린 청바지 입고
가득 찬 돈뭉치로 은행에 달려가
구석구석 돈을 꺼내면 은행직원이 말했다
"돈 세는 기계 좀 사다 놓으세요."

"발바닥에 불이 났는데,
돈 셀 시간이 어디 있어요."
내 말에 은행 직원은
부럽다는 듯 웃음을 듬뿍 선사했다

3 부

산은 열매를 맺고

산 속 열매들이

주렁주렁 자라고 있다

밤에는 달빛이 등불삼아 위로하고

낮에는 태양이 빛으로 먹여주며

비님은 물을 주고

구름은 이불을 덮어준다

향우 돋보기
김화순 시인, 남편 진갑기념
자서전 '명주실타래' 출판기념회 성황

엄마의 노래
봉봉 김화순

큰 딸 결혼

바람 앞에 나무처럼 떨리는 마음으로
버겁고 벅찬 감정 추스르며
건장한 모습으로 솟아오르거나

예쁘고 아리따운 자태로
살포시 가슴을 열고 다가오는
한 송이 연꽃처럼 피어나 거라

힘찬 박수와 축복 속에
한 쌍의 원앙으로 다시 태어나서
한 둥지 보금자리를 만들어
행복하여라. 나의 딸아!

둘째 꽃봉오리

물보다 진한 것이 피라 했던가
피로로 맺어진 인연인 것을

꽃 중의 으뜸은 사람 꽃이라
그 중에서도 가장 환한 눈부신 꽃

주고 또 줘도
못 다한 사랑만 남는구나

나무둥치에 허물만 남겨놓고
훌훌히 떠나는 매미처럼
아쉬움만 남기고 떠나는 둘째야
이제는 새로운 세상에서
더 큰 너의 꿈을 마음껏 펼쳐라
꽃이 가지를 떠나야 열매를 맺고
물이 냇가를 떠나야 강물이 되듯이
어미 곁을 떠나야 어른이 되는 거란다

큰 강물로 굽이치거라
굵은 열매를 맺거라
너희들의 앞길에는 무한한 복락만 있을 거다
사랑한다. 나의 둘째 꽃봉오리야

두 딸 여식

단칸방 색동 양단 이불 속에서
옹기종기 같이 자던 두 딸 아이들

어느새 훌쩍 자라
한 가문의 며느리 되어 떠나갔다

듬직한 기둥을 앞세우고
친정에 들어오는 딸 가족

조용한 집안이 꽉 차오른다
두 백년손님 모습만 봐도 든든하다

딸들아 언제나 고개 숙인 자세로
부창부수의 본이 되어다오

영통 보살

예비군 훈련 갔던 그이가 어구적 거리며 돌아왔다
여보, 왜 그래!
피식 웃으며 정관 수술했단다
왠지, 딸만 둘 죄책감이 떠나질 않았는데

십 년 후 93년 여름날
똑똑 목탁소리 이 집에 행운 만복이 들었네
그런데 문이 안 열려서 어쩌나…
아들이 기다리고 있는데 대통할 운이 안타깝구나

그 아들이 아비의 판백이구먼
돼지해 운인데 관생 보살 똑똑똑…

난 뭐야 아들이 어디 있어 치의!
며칠 후 다른 보살님이 또 반복되었다

신기해서 동네 보살을 찾아갔더니 약속이나 한 듯 같았다
그래서 용기 끝에 대학병원 여러 군데 접수하여 복귀결과
돼지해에 내 아들을 만났네

가슴 속의 시어머니

뭐가 그리 급하시어서
사십 고개에 시어머니는
깜박이는 오남매 앞에서
두 눈을 감으셨는지요

세 살배기 막내는
엄마의 가슴을 파고들며
젖 달라고 울었다오

가엾은 어린 남매들은
광풍에 꽃잎 날리 듯 흩어져
흐르는 세월 속으로 흘러갔다오

제각기 살길 찾아 흩어졌던
남매들은 저마다 일어섰지만
시어머니는 아시는지 모르시는지

가끔은 그리운 시어머님이
눈앞을 스쳐 가네요
내 가슴에 평생 그리움이 된
그이의 어머니, 내 시어머님

아들의 입대

온종일 보아도 귀여운 내 아들
아장아장 걸을 때
절구통에 채소 넣어 콩콩 찧으며
울 아버지 약 짜준다던 아들이
언제 이리 자라서 군대를 간단다

대학 기숙사에서 온 아들의 전화
"어머니 저 군대가요. 20일 남았어요."
순간 가슴이 울컥하며
덩어리가 솟는 듯한 기분이라
나는 소리를 버럭 질렀다
"야! 무슨 놈의 부대가
그리 빨리 데려가려고 그래!"

아들도 한숨을 쉬며 말했다
"그러게요. 난들 아나요?
군대에서 내가 빨리 필요한가 봐요."
"알았다 어쩌니, 갔다 와야지…"
아들은 응석부리처럼 말했다
"어머니 나 이제부터 엄마라고 부를게요.
엄마 사랑해요, 군대 갈 날이 나오니

엄마 아빠 생각이 먼저 떠오르네요."
"아들아! 사랑한다. 군대에서 남자 되어 와야지."

나는 울음이 폭발할 것 같았다
전화를 끊고 서재로 왔다
인터넷으로 102보충대를 찾아보니
춘천댐 부근이었다
다행이란 생각이 들어 마음이 놓였다

부모 된 마음이 이렇구나
아들 군대 갈 때
어머니들이 울고불고 하는 마음을
이제는 알 것 같았다
모두 이런 마음이었구나

자리에 누워 멍하니 천정을 바라보며
주르르 흐르는 눈물을 닦았다
아들 입대할 땐 웃음을 보여주고
돌아와야겠다고 다짐해 본다

할미꽃

따듯한 봄이면 수줍은 웃음 머금고
머리를 숙이고 남 먼저 피면서도
있는 듯 없는 듯 풀숲에 쪼그리고 앉아
살포시 눈인사로 나를 맞이하는 할미꽃은

내 어릴 적 어머니와 같이 보았던
그 때 그 모습 그대로이네

아무도 고맙다고 하지 않아도
안제나 부모님 산소를 지켜 피니
자손들 묘사 때 와서 술 한 잔 뿌려주네

봄이 오네

뾰족뾰족 돋아나는
꽃잎 같은 새싹들이랑

지지배배 지지배배…
뾰로롱, 뾰롱뾰롱…
봄을 노래하는 새들도
모두가 즐거워하는 봄이다

살랑살랑 불어오는 봄바람도
사락사락 내리는 가랑비도
모두가 설레는 마음안고
산과 들에 봄꽃을 피우고
봄 동산을 곱게 잘도 꾸민다

메밀꽃

뜨거운 태양아래 넉넉한 모습으로
너도나도 풍요 속에서
너울너울 춤을 추며
목 터지라 노래하는 가을 향기에 취해본다

붉은 옷단장하고 장단 맞춰
천리만리 훨훨 날아
사랑 찾아 헤매는 고추잠자리

미소가 가득한 메밀꽃들도
하얀 옷 갈아입고 춤을 추다가
사랑 꽃 한 아름 가슴에 안고
바람과 함께 원 없이 노래하련다

무화과

초록치마 다홍저고리 곱게 단장하고
첫손님을 애타게 맞이하려는데
살포시 만지려다 물컹 터지고야 말았다

순간 놀라서 찝찝한 손을 잡고
풀밭에다 문지르며
다시 한 번 쳐다보았다

누구를 기다리고 기다리다
익다 못해 늙어버린 무화과 열매여
아무런 힘도 없이 무너지고 말았구나

해마다 아무렇지도 않은 것처럼
초록치마 다홍 저고리 보랏빛 속옷 차려입고
사랑의 손길만을 애타게 기다리는 너는
내년에도 또 그 모습으로 기다리겠지

등나무

얽히고설킨 등나무는
누군가의 안식처가 되기 위해
흔들거리며 눈을 홀리고 있다

겁 없이 기어 다니며
제 몫을 다하려고
보랏빛 주저리에 꽃바람 향기를 날리며
그늘이 되어주었지

서럽게 담장 밖에서 서성거리며 자라온 속에서
서로가 상호관계에 통하지 못해 엉켜져
힘없는 등뼈만 꿈틀 되는구나

또 한 번 기구한 운명이 뒤움박질 한다
등이 깎이고 태워가며 이리저리 휘어져
칠보단장한 모습으로 탈바꿈하여

서로가 살붙여 보듬어가며 한 몸에 섞여
등 받침으로 탄생해서 하루에 피로를 받아주는
어엿한 흔들의자로 변신했구나

밤꽃 향기

오뉴월 밤꽃은 텁텁한 향기를 뿜어내지만
별빛 아래 온 몸 가득 진통을 겪고
아침을 맞으며
새콤한 실리콘 향기를 뿜어낸다

밤꽃이 필 때면
동네 아낙들과 벌들은 향기에 취해
결실의 열매를 맺는다 하지

꽃들은 아래 꽁지가 향이 더 진하다 하네
그래서 꽃은 식물의 자궁이라 부른다 하지

유월 장미

뾰족 가시 옷을 단정하게 차려입고
울타리를 붙잡고 올라가는 덩굴장미
동그란 꽃망울들을 마디마디 달았네

뜨거운 불볕 아래 새빨간 정열의 꽃
풍요의 유월 한철을 끝없이 이어 피며
찬란한 빛으로 살아 마을길을 밝히네

장미꽃, 너는 본디 사랑의 화신이라지
뜨거운 정염으로 대지를 불태우며
해마다 다시 돌아와 피워내는 내 사랑

코스모스

어서 날이 새면 신작로를 달려가 봐야겠다
거센 가을비 오던 날 힘겹게 피어난 코스모스가
행여나 누구의 손에 꺾였을까 봐

어서 날이 밝으면 달려가 너를 지켜줘야겠다
수줍은 듯 고개 숙여 나를 기다리고 있을지

내가 갈 때까지 기다리고 있으려나
하늘하늘 하늘만 바라보는 살살이 코스모스야

검정콩

신도림역 계단을 밀고 밀리며 올라왔다
한숨을 쉬며 뒤를 내려다보니
마치 검정콩 뿌려 놓은 모양새이다

데굴데굴 굴러다니는 듯 했다
가끔은 검정콩 속에 흰콩도 들어 있었다

흰콩을 가리려고 했지만 바쁜 마음뿐이고
검정콩으로 칠하지 못한 것이 아쉬웠다

콩들을 굴려 계단위에 올려놓으니
콩나물이 되어 쭉쭉 자라난듯하다

낙엽의 삶

기대어서 편히 살 걸
고통에 못 이겨 떨어져 나와 본들
이리저리 굴러다니다 밟히고 차여가며
모진 고생만 죽도록 하네

물속이 좋아 보여 들어가 보았지만
시원함도 잠시뿐이더라
매섭고 차디찬 얼음 속에 갇혀서 꼼짝도 못 하는 내 신세
어찌할까나

두둥실 떠다니는 저 구름에게 원망해본들
갈기갈기 찢어지고 굳어버려
물속에서 안식을 찾고 있는 내 모습이
오가는 행인들에게 구경거리만 되는구나

산은 열매를 품고

산 속 열매들이
주렁주렁 자라고 있다

밤에는 달빛이 등불삼아 위로하고
낮에는 태양이 빛으로 먹여주며
비님은 물을 주고
구름은 이불을 덮어준다

그러다가 때가 되면
제각기 온 몸을 흔들어서
우두둑 뚜두둑 모두들 떨구어 낸다

땅 위에 떨어진 열매는
제각기 필요한 이들에게 공양이 되는구나
나무는 뿌듯하게 내려다보며
또 내년을 기다리겠지

대보름날

매년 대보름날이면 엄마는
물 한 대접을 장독대에 올려놓고 비셨다
동서남북 내 자식 잘 풀리게 해달라고
허리가 부서져라 절을 하며 빌었다

후유! 하고 일어서서 물 대접을 보면
달님이 물속에서 환한 빛을 비추며
그 물을 마시려고 일렁이며 춤을 춘다

기웃대던 별님도
함께 마시자며 넘성거리고
아마 어머니 정성들인 물이라
효험이 큰 것을 달님도 아는 모양이다

어머니는 달님 별님에게 덕담도 한다
올 한 해도 잘 넘어가게 해 주세요
두 손 모아 빌고 또 빈다
저렇게 휘영청 밝은 달빛이
물그릇 속에 잠겨 있다며 기뻐하셨다

해마다 정월 대보름이 다가오면
어머니 그리움에 허기가 진다
어머니의 모습이 달님으로 찾아온다

앉은뱅이 술

한 잔 두 잔 홀짝홀짝 마신 막걸리가
온 몸에서 취했구나
일어나려면 비틀 거리는 술에 잠긴 일행들
너도 한 잔 나도 한 잔 즐길 때는 이럴 줄 몰랐지
서로들 바라보며 히죽거리는 모습에
모두들 빙글 돈다고 깔깔 거리네
앉은뱅이 술이 사람 잡는다며
주저앉았네

경상도 사투리

반두께질* 하던 어린 시절
신랑각시 만들어 수줍었던
신혼 사투리말투가 생각난다

앞도랑에 쇠곰팔이 주어 모래알로 쌀 씻어
정지에 들어가 불쑤시게로 불 때는 척
조개껍데기 솥뚜껑 뒤집어 불 위에 올려놓고
찰흙 묻혀 적쪼가리 꾸어대며

병뚜껑에 한 상 차려 수줍은 듯
"여보, 건건이 드시소."
새색시 흉내 내었던
아련한 사투리가 그리워진다

* 반두께질 : 소꿉장난

장떡

고향 담벼락에 자주색 깻잎이 무성이도 자라났다

엄마는 뚝뚝 잘라 훌훌 씻어
누리끼리한 양푼에 된장 고추장 밀가루 깻잎
고추 숭숭 썰어 놓고 누른 광목에 쭉 펴놓고
펄펄 끓는 밥솥 속에 푹 찐

뿌글뿌글 피어나온 장떡 맛 카~아
지금은 그 장떡 맛을 언제 볼 수 있으려나
그때 그 맛이 오늘따라 유난히도
입안에 군침을 돌게 하는구나
누가 장떡 맛을 알려주려나

찐빵

한 나절 아랫목 이불 속에
소다반죽에 취해 부글부글 뽀글뽀글
기어오르는 밀가루 반죽

뽀얀 면 보자기 깔고
밥솥 속에 니나노 합창한다
한참 후 노란 찐빵 모습 탄생하여
식구들에게 환영 받는 찐빵
아! 그 찐빵

아카시 꽃

오월이면 온 동네
향수를 뿌리고 스쳐가는 아카시꽃
내 어릴 적엔 그 꽃으로
부침도 해먹고 떡도 해먹었지
벌들의 양식을 몰래 훔쳐 먹고

잎을 훑어 내고 줄기를 접어
머리카락에 돌돌 말아 두면
다음날 빠글빠글 파마머리
거울 보면서 행복해 했던 그때가
지금도 오월이면 내 마음을 부추긴다
그때 그 시절 아카시꽃이…

자전거

따르릉 따르릉 비켜나세요
울 아버지 나가신다. 따르르릉!

처음 배우던 날 달구지만한 짐자전거
아버지 몰래 신작로에 끌고 나와서 몰아본다
주르르 내리막 경사 "에구머니나"
너는 너 나는 나 두 갈래로 넘어졌다

온 몸에 피투성이고 모래알은 팔 다리에 박혀
절룩거리며 부서진 자전거를 끌고 오는데
나보다 더 아픈 모양이다
자전거가 소리친다
삐거덕 찌찌찍 온몸이 으스러진 모양이다

단풍잎

나뭇가지에 붙어 있으면 고운 단풍이고
떨어지면 이리저리 발에 차이는 불청객인걸

고운 단풍 책갈피 속에 꽂아두었다가
동짓달 창호지 속 창살 사이에 수놓아
매서운 바람 막아주며 눈 햇살 비춰주네

노란 은행잎
빨강 단풍잎
파란 클로버

겨울이면 문살에서 한해 액땜 막아내고
문바람을 타고 알록달록 눈에 띄게 예뻤더라

우리의 정

만나면 좋다
그저 그냥 좋다

아무런 조건 없이
그냥 넉넉한 마음뿐인걸
만나서 정을 쌓아 다져온 나날이
반평생 해가 넘었구려

그동안 모두 개미처럼 살아왔지
그 살아온 인생이 오늘날
자식들에게 거울이 되어 있지 않는가

앞으론 우리가
그 거울 속에서
건강하고 행복한 모습을 비춰주는 모습만
우리가 할 일이구려

"여보세요~, 오늘 저녁 한잔하실래요."
"좋아 그럽시다!
기다렸다는 듯 뛰어 나오는 동반자
바로 그들이 여기 있습니다!

스마트폰 시대

세월이 변해도 급속도로 변하고 있다
이 세상 어딜 가더라도
너만 있으면 못할 것이 없고 모르는 것이 없다

이제는 너 없으면 못산다는 소리가 나온다
너 때문에 웃고
너 때문에 울고
너 때문에 행복하단다
너는 웃기고 울리며 세상 정보통이지

한때는 우리도 총명한 머리였었지
너에게 빼앗긴 내 머리는 굴릴 때가 없단다
녹슬까 걱정이란다

그립던 모녀

출가한 딸 몇 해만에 친정 오는 메아리
"어~ 머니~
사립문 밖에서 들려오는 목멘 소리

양 귓전을 쫑긋 세우는 어머니
버선발로 창호지 문살을 박차며
한쪽 발에 코고무신을 질질 끌고 뛰어나와

"내 딸년 이제 오나"
"이제나저제나 산등선만 넘겨 봤것만"
"이게 울~매 만이고"

얼싸안고 흐느끼며 터트린 눈물
모녀지간 엉켜버린 두 얼굴은
눈물콧물로 얼룩 꽃이 피어있었지

화투

그가 중3 때였단다
그이 아버지는 동네 사람들과
화투놀이를 자주 하셔서
어머니는 근심 잘 날이 없었단다

밤늦도록 오지 않는 아버지를
어머니와 함께 기다리던 그는
한밤중에 동네 주막집에 가서
화투하는 방에 뛰어 들어가
화투방석을 확 뒤집었단다

"그만 좀 하이소,
울 엄마 속 좀 그만 썩이소."
소리를 버럭 지르며 뛰어 나왔단다
그래도 아버지는 그 습성을 못 버려서
집안은 기울고 말았다고 했다

그는 지금도 화투를 보면
아버지 생각을 떠올리곤 해서

화투는 손도 안 댄다고 한다

아버지를 생각하면 지금도
그가 중3 때 모습이 어렴풋이
눈앞을 스쳐간다

꼬투리 잡기

머릿속이 빙빙 돌며 잠을 깨운다
한밤중에 벌떡 일어나 연필을 들고
꽉 막힌 무언가를 풀어내 본다

잡혔다 잡았어
두서없이 막 잡아 풀어내어 퇴고를 하고
부끄러운 마음으로 남편에게
내밀어 본다

기다렸다는 듯
대견스러운 듯 한참을 읽다가
당신은 구상은 좋은데 부연 설명이 너무 많다 아이가
여기 저기 떼어내라 길다 길어
지청구를 준다

무뚝뚝한 경상도 사투리로 던져 준 훈수는
어느덧 나의 스승으로 자리 잡았다
오늘도 머릿속에 또 하나 꼬투리 잡아
풀어내본다

새옹지마 塞翁之馬

둥글둥글 얽히고설키며 살 땐 몰랐다
그리움이란 모르고 살아온 세월

한둘씩 모두 성장하여 내 곁을 떠나고 나서야
그 속에 알맹이가 서서히 비어 간다는 것을 알았다

풍선이 가시에 찔려 뻥 터질 것 같은 이 마음
바람이 불면 어디론가 날아가 버릴 듯한 이 기분
누구나 한 번씩은 이런 기분을 겪어야 하지만
세월이 흐르면 잊으려나
눈비가 오길 기다려야 하나
있을 땐 몰랐건만 훌쩍 떠나보내고 나니
그때가 좋았다는 것을 알게 되는구나

나에게도 해방이 온다고 호들갑을 떨 땐 언제이고
막상 그날이 눈앞에 다가오니
온통 허탈한 마음을 무엇으로 보상될까
그래서 인생은 새옹지마라고 하는구나

불청객

야심한 밤에 또 찾아와 앵앵
저 불청객이
귓전에서 앵앵 단잠을 깨운다

양 볼을 앵 앵 찰싹
온힘을 다해 뺨을 때린다

식식대며 벌떡 일어나 전등불을 밝히니
모기는 신바람 난 듯
앵앵거리며 어디론가 사라졌다

"너 내일 또 오기만 해봐 죽었어!"

사혈

긴 바늘로 이불 홑청 꿰매다
한눈판 사이 앗 따가워
엄지를 쿡 찔렀다
쭉 짜내니 불그스레 솟아오르는
핏방울
한 생명 부분인지
엉겨 붙은 송아리가
복분자 모양이 되었네
끄르륵 긴 트림 시원하다고 미소 짓네

묵사발

밟히고 차이는 도토리 알을 모아
곱게 갈아 육대 일로 화끈하게 풀어본다
탐스럽게 헤엄치며 뿌글거리며 기어오르는 것이
마치 개구리 알 덩어리 부활하는 것 같구나

어우러진 너의 빛깔을 바라보는 어머니는
주름살을 펴지는 듯 환한 미소를 짓는다
거무스레한 조롱 바가지로 휘휘 저어가며
함지박에 담아둔다

얽히고설키는 너는
또 하나에 오묘한 수령 속 늪에서
탱글탱글 굳어가는 너를
손끝으로 톡톡 퉁겨주며 찰랑찰랑
광대한 빛깔로 춤을 추는구나

아이고 나도

큰댁에 백부님
장례식 날
마지막 곡으로 길을 뚫는다
"아이고~ 아이고"
순서대로 맏상제부터
넋을 놓고 목청을 돋과 울어댔다

어색한 새색시는 어찌할 줄 몰라
상제 뒤에 고개를 숙여 두 눈을 감고
"아이고 나~도, 아이고 나~도,"
형님과 동일이요 중얼거렸다

곡을 울리던 상제들이
그녀를 보고 웃음이 터져 나와
울어야 할지 웃어야 할지
흉내 내고 있다
"아이고~나도 욱! 아니고 ~나도 욱."

뒤늦은 은혜

여식은 많이 가르쳐 놓으면
콧대 높아 시집 못 간다던 아버지

그때는 왜 그리 원망스러웠던지
힘 못 쓰는 엄마는 애간장만 닳았었지

세월이 흐른 뒤에 알았네
그때 내 양을 다 채웠더라면
이렇게 소중함을 몰랐겠지

문단을 오르내릴 때마다
내 부모 웃는 모습이 눈에 어리네

이 소중한 내 길을 뒤늦은 후에야
부모님이 감사함을 전달하련다

4부
추억 속에 그리움

하루를 풀고 평상에 누워

저 하늘을 올려다볼 때면

저 멀리서 담장 밖 메아리 소리

꼬리 달고 어시랑 거리며 내 마음속까지

파고드는 구성진 하모니카 소리

연해주의 무궁화

청봉 김하순

러시아 연해주 여행 길에
우리 얼 무궁화를 보았네

낯익고 낯익은 너는 늘 날
내 조국의 넋이 있었네

일제 강점기
민족혼의 말살을 위해
뽑히고 불살라져
조국 땅에 시가 말랐던 꽃

그 때 망명했던 자손들까
가슴이 정해졌다

아낙네 손길에 유숭하니
숨어들어 감방에서
연해도성 몇 절터를 넘겨 보며
쉽고 의연한 꽃으로 피어나서
떳떳하게 노사들을 품으며 피는 꽃

나라 잃음을 서러움을 안고
낯선 이 외로웠을까
낯선 이역 러시아 땅에서 핀
우리의 무궁화.

2014 인천 아시안게임 시화 출품 作

등급이 뭐기에

따르릉따르릉!
어머니! 저 일등 먹었어요

아들은 이십 년 동안
일등 한번 못한 것이 마음에 걸렸던 모양이다

그래 뭘 일등 했나?

어머니…

병력 검사 일번 접수해서 일등급 받았어요

하 하 하…

킬 킬 킬~~~

서로 한참 웃은 뒤
잘했다
울 아들 일등 한번 했으니 원 풀었다

전화를 끊고 피식 웃음이 나왔다
등급이 뭐 길래

추억 메아리

들녘 건너 어디선가 들려온다
하모니카 소리가 오늘따라
옛 기억을 더듬게 하는구나

연분홍 꽃망울이 피어오르는
그 시절에 말똥구리 구르는 것만 봐도
깔깔댔던 감성이 예민했던 시절이었지

하루를 풀고 평상에 누워
저 하늘을 올려다볼 때면
저 멀리서 담장 밖 메아리 소리
꼬리 달고 어시랑 거리며 내 마음속까지
파고드는 구성진 하모니카 소리

음률에 물결 타고 길섶에 민들레
제 몸 떨어지는 줄 모르고
감성에 젖어 눈물 흐르던 시절이 있었지

동갑네

누가 이 열정을 막아라
만나면 즐겁고 그저 마냥 깔깔거리는 열정들인걸
좋다. 좋아 놀아보자
정열이 식어가는 그 날까지 찍찍거려 보자꾸나

이달에 만나면 다음 달을 기다릴 수 있는
찍찍이들인 걸
어~ 누가 홀인이야! 싱글도 했어?
축하 박수 짝짝짝!

이산 저산 찍찍거리는 소리
이래서 동갑네들이 좋구나. 찌 찍 찍찍!
우리도 장미꽃 백 송이만큼만 웃고 살자

농부의 심정

마른 논 갈아엎고
한줄기 내려달라며 애원하는 농부들
논바닥은
쩍~쩍 제멋대로 거미줄을 치고 있구나

참다못한 농부는
저 멀리 저수지 물고를 튀어 놓으니
물바람 거품 바람 구름도 껑충껑충
바삐 뛰어 들어가 온 바닥이 물컹거린다

살맛이 났다는 듯
푸른 소생초들이 거침없이 솟아오른다
"너도 좋아 나도 좋아"
시위하는 잡초들 때문에
설상 필요한 모는 어디에 발을 붙일꼬

"그래도 좋다
자식 입에 밥 들어갈 때와
마른논에 물 들어갈 때보다
더 기쁠 때가 있을까."

푸줏간

볼그스레한 속살을 들어내어 야한 모습으로
오가는 행인의 눈길을 사로잡는다

돌돌 말아 줄지어 온 몸 풀어놓고 이리 저리 풀어놓은
머릿결처럼 이 모양 저 모양 각기 각색 분장하여
나란히 줄지어 쇼윈도 속에서 팔려갈 준비 중임에도
그들도 마치 긴급 반상회를 하는 듯하다

내용 안건
부디 좋은 주인 만나서
환영 받는 밥상위에 보글보글 끓어오르는 향기에 취해
내일 또다시
우리 푸줏간을 찾아와 맛났다는 소리 듣게 하소서

너도 행인 나도 행인 우리는 모두가 행인들이지만
사랑을 주고받는 행인들이여 더불어 사는 세상이여

똥파리

아침부터 신경에 거슬린다
앵앵 되는 저놈의 똥파리 한 마리가
온 집안에서 휘젓는다
잡자, 잡어, 저놈을!
급한 마음에 신문을 둘둘 말아 때려잡으러 따라다닌다
꽝 탕탕 유리컵 식탁 위에 그릇들이 작살났다
억울해서 기필코 너를 잡겠다고
그는 더 신났다는 듯이 신나게 온 집을 휘젓고 약을 올린다
식구들이 소리친다, 잠 좀 잡시다! 새벽부터 난리냐고
난 소리친다, 저놈에게 똥파리 잡아야 한다고
내가 너를 잡느냐 네가 나를 데리고 놀 것인지
알량한 전쟁은 계속이다

인간의 정

꽃은 피어날 때 향기를 토하고
물은 연못이 될 때 소리가 없다

언제 피었는지 정원에 핀 꽃은
향기를 날려 자기의 몸짓을 알리고 있다

마음을 잘 다스리는 사람은 한 송이 꽃이 피듯
침묵하고 있어도 저절로 향기가 우러나온다

한평생 살아가면서 우리는 참 많은 사람을 만나고
많은 사람과 헤어진다
그러나 꽃처럼 진한 향기를 남기고 가는 사람은 쉽지 않다

기쁘면 기쁜 대로
슬프면 슬픈 대로
있으면 있는 대로
없으면 없는 대로

또 아쉬우면 아쉬운 대로
그렇게 소담하게 살다가
미련이 남더라도 때가 되면
보내는 것이 우리네 정이던가…

닭집 주인

평생 닭만 키우는 시골 아주머니가
봄놀이를 갔다

버스 속은 무르익어 가는 중에
그녀의 순서가 왔다
떨리고 긴장 속에 그만

꼬꼬댁 꼬꼬 꼬꼬댁 꼬꼬

얼마나 질렀던지
보고 듣는 것이 꼬꼬댁 소리만 듣고 살아서
그게 노래인줄 알았네
그녀의 눈에는
모두가 까만 오골계로 보였다네

눈

뽀스락 뽀스락
밤새 조심스레
새 신부 속옷 갈아입는 소리를 내더니

다음날 온 세상
흰옷으로 갈아 입혀 놓았구나

너도 나도 앞뜰에 망아지도 설레이고
함성을 지르며 감탄한다

와, 눈이다, 눈
천진난만한 손자들아

이 세상 더 바랄 것은 흰 눈처럼
한 점에 티끌 없이 무럭무럭 자라다오

가족이란

두 몸으로 가족을 이루고
사랑 속에 만들어졌구나

이 세상 모두가 내 것인 양 뿌듯하다
모두 그러면서 살아가지

무엇이던 더 바라면 부족하고
덜 바라면 만족이지

항상 이날처럼 행복하려무나

청진淸進하게 자라다오

금오산金鳥山

지금도 금오산 말만 해도 눈이 어질하단다
"아이고 불행 중 다행입니다"
큰일 날 뻔했다
산에서 다 내려와 버스길 400m 앞에서
'질퍼덕' 미끄러져 다리가 부러져
구급차로 대구에서 올라오는데
올림픽대로 부근 가양대교 1차선으로 들어오다가
그만 눈길에 세 바퀴가 헛돌아서 모두들 죽는 줄 알았단다

순간 너무나 허망한 생각에
가족들이 모두 머리에서 스쳐 가더라고
함께 탄 일행들은 창백한 모습으로 혀를 내둘렀고
순간 모두 물귀신 되는 줄 알았습니다

본인은 한쪽 다리는 부러져 움직이지도 못하며
목이 타서 수시로 물을 마시며
방문객에게 보름 동안 병원에서
열심히 설명하는 모습이 더 안쓰러워 보였다

지난 일이지만 얼마나 목이 탔을까
녹음이라도 해서 방문객에게 들려줄 걸
얼마나 놀랐으면 살아있다는 존재가 저리도 반가웠을까

충견 아롱이

주인에게 충성하려다
목소리 우렁차다고 이웃에게 쫓겨난 아롱이
주인과 눈물로 이별하며 다른 집으로 끌려갔지

버림받았다는 충격에 말문을 닫고
한 해를 새 주인 눈치만 살피고 정을 주지 않았지
아직 사랑도 못 받았는데 마음도 보여주지 못했는데
옆집으로 또 보내지고 말았어

여보세요. 사나운 개 때문에 공사를 못 하겠어요
빨리 와보세요
전화 속의 목소리에 날이 섰었지
달려가 보니 또 충격을 받았던지
혹독하게 짖어대며 살던 집마저 헐린다고
눈물로 악을 쓰고 있었지

아롱아 이리와
주인을 보는 아롱이는 반가운 눈물을 펑펑 흘리며
뒹굴고 또 구르며 어쩔 줄 몰라했네
콧등에 상처는 입을 벌리고 허물어지는 집을 보고
끝까지 충성하고 싶었던 충견 아롱이

왓 이즈 잇 what is it

둘째 딸 유학 졸업식 날 중국 상해에서
졸업식을 마친 후
상해 중심지 101층 빌딩 속 91층 고급 식당에
올라갔다

딸아이는 미리 겁을 먹었던지 걱정을 했지만 나는
서울 가서 전세 빼더라도 여기까지 왔는데 먹고 가야지
콧대를 세우고 으스대며 자리에 앉았다

딸이 자리를 비운 사이 옆 테이블에 갈비를 보고
"what is it?" 검은 피부 외국인은
"바비큐 땡큐 세임 히얼" 직원은 예스
잠시 후 큰오리 모양 한 마리와 포도주가 나왔네

무엇인지도 모르고 신나게 먹고 난 후 윽, 비둘기 고기란다
왜 그리 비싼지 39만원 주고
세 명이 내려오면서 씁쓸한 표정들이 가관이 아니었다
남편은 거울을 보며 피식 웃으며 출세했단다

뭐가 그리 궁금하니?

아가야
뭐가 그리 궁금하니
이 세상 살아가는데
너무 깊이 알려고 하지마라
깊을수록 어두움이 더 쌓인단다

아가야
그 곳 너무 깊이 보지 말거라
그 속에는 오만 가지 잡동사니 들어 있단다

인생이란 다 그런 거란다

굳센 숙이

"이리 오시요!"
"이것 좀 사이소!"
어설픈 말투로 목이 터지도록 고함을 질러대는
지체장애자 고3 숙이
할머니는
손녀가 저 멀리 뒤뚝거리며 오는 것을 달려가 부축하고
장사를 함께 한다
학교 대신 수학공부를 하듯 계산을 한다

어둠을 등에 지고 집에 와서는
구들장 모서리에 사나흘 동안 달궈진 보따리를 뒤져본다
뽀얀 옷 갈아입고 땀을 줄줄 흘리며
쾌쾌한 냄새를 풍기는 너를 보고
숙이는 웃는다

와 할머니 이것 좀 보세요
하얀 꽃이 피었네요
서투른 손으로 온 전신을 주무르며
쿵더쿵 소리로 황금빛 알몸을 녹이고
조물조물 만들어 둥글게 변신한 너를 보며

숙이는 오늘도 기도한다

내 손길이 묻은 청국장아
내일 어느 집에 가더라도 보글보글 웃음으로 춤을 추며
환영 받는 밥상에서
너의 기쁨 나의 기쁨을 전해주려무나

(2012. 11. 인생극장에서 본 숙이)

이런 실수가

믿고 마음 푹 놓을 테니 알아서 잘해 주세요
시간은 그날 11시 50분입니다

아이고 걱정하지 마세요
행사를 한두 번 해보나요
쿵따덕 쿵따를 일주일 동안 두드려 됐다

이게 웬일인가
딸아이 결혼식장엔 오질 않았다
인륜지대사人倫之大事에 이런 실수가 다 있는가

평생 잊지 못할 어처구니없는 일이다
그리도 자신감이 넘치던 주인이 다음날
다 죽어가는 목소리로 전화가 왔다
열두시 오십분인 줄 알고 그만 어쩌면 좋아요

여보세요
착각할 게 따로 있지 어찌 그럴 수 있습니까
야단을 쳐본들 이미 지나간 일이다

쑥 버무리

매몰찬 추위 땅속에서 웅크리고 있다가
저 멀리 봄빛을 바라보고

반가운 듯 뽀돗이 마중 나왔건만
그만 사람들 눈에 띄어 잡히고 만다

봄나물이 반가운 아낙네들
손끝으로 살살 잘라 와

목욕시킨 후 뽀얗게 분장시켜
뜨거운 솥 안에 놓으면

어느새 쑥버무리로 변신하여
식구들 눈과 입을 봄 향기로
군침을 돌게 하고 있구나

봄나들이

너도 첫봄 나도 첫봄
아지랑이 아롱아롱 피어오르는 봄날

따뜻한 엄마 양손 잡고 어딘지도 모르는 곳에 나들이 나왔구나
여린 풀밭에 앉으라는 엄마의 말에
풀잎이 쓰러질까봐 어찌할 줄 모르는 아이들

엄마는 봄빛 쬐러 나온 것이 마냥 좋은지
예쁜 추억 남겨주려고 찰칵찰칵 찍어댄다
이 모양 저 모양 잡으려 하지만 마음대로 앉으려니 조심스럽구나

가녀린 제비꽃이 아프다고 밟지 마란다
빠끔히 고개 내민 잔디들도 먼저 더 키가 크려고
눈치작전을 하고 있는데
엄마는 그것도 모르고 무조건 포즈를 잡으란다

나들이는 좋은데, 여린 풀잎들에게 미안하다
"얘들아 살살 다치지 않게 조심해서 앉을게
 예쁘게 자라라"
"형, 조심해 제비꽃 다칠라
 오른쪽 발 들고 다녀."
동생이 조심스레 거들어준다

평생 길

평생을 청도 골에 못 박고 살 붙여 사시는 안사돈
겉보기는 웃음꽃을 팔고 살지만
육신은 얼마나 고달프실까
노부모에 수십 가지 채소 과일 장사하랴
일인 몇 몫을 해내는 걸까

철철이 먹거리 부쳐주면서
마음 놓고 먹거라
내 새끼들이 잘 먹으면 내 배도 부르다는 사돈
해마다 주름이 계급장을 달지만
굵직하고 화끈한 목소리가 매력이 있네
언제 들어도 목소리에 정이 듬뿍 묻어나는 우리 사돈님

헛간에 무시래기 마르는 냄새가 온 집안에 구순하게 풍기듯
안사돈 온기도 여러 집안에 손길을 풍기고 있네요

사돈 내외분!
건강하게 오래오래 사이소
아직도 할 일이 너무 많지요?

아들 입대 3일전

마음이 분주하다
그래도 차분한 얼굴을 보여주어야 하는데

입대 사흘 앞두고 아버지는 아들을 위해
자동차 연수시키러 나간다

몇 시간을 달리고 갔다 왔는지
부자지간은 친숙한 모습으로 와서
또 영화 보러 가잔다

국제시장을 보면서 나는
마음속에 있는 눈물을 다 풀어내듯이 울었다

그것은 단지 그 영화의 눈물만은
아니었다

사촌들 여행길

기다리며 설렌 사촌 단합대회에 가는 날
달리는 경주행 버스 속은 넘치는 웃음꽃 잔치

생각 없이 온몸을 흔드는 버스 속은
허우적거리며 모두 취했다
버스 기사는 장단을 맞추는 듯 살금살금 기어가네

그래 우리는 한 동지 한 핏줄이다
놀고 나누고 신나게 살자 인생이 별건가 뭐
다 그런 거지 뭐 모두들 뒤집혔다

이틀간 흥분한 흔적이 몇 해가 지난 지금도
한 모퉁이에 자리 잡고 있는 모양이다

지금도 서로 만나면
또 안 가요? 사촌들 단합 합시다
더 늙기 전에 그때 모습을 찾아 원 없이 뒤집혀 봐요
모두들 몸은 늙어도 마음만은
이팔청춘에 미련이 남아 있는 모양이다

(2010. 7. 24)

개화산 開花山

굽이도는 한강 줄을 발아래 거느리고
묵묵히 지켜 앉은 우리의 개화산은
꽃뫼란 그 이름처럼 사시사철 아름답지

그 산 밑 한 기슭에 멧새처럼 깃을 치고
꽃 피고 단풍 들고 눈보라 치는 세월을
반평생 머물고 보니 새 고향이 되었네

해마다 시월이면 구민들 축제 속에
고사 상을 차려놓고 너도 나도 잘 되라고
손 모아 기도합니다. 개화산을 향하여

제주도의 지금은

몇 해 전만 해도
제주도는 아름답고 한가로웠는데
관광객이 늘면서 자연은 인공에 무너지고

풀숲자리에 빌딩숲이 무성해지며
마구 돈을 뿌리는 외국인들로
땅값은 하늘 높은 줄 모르고
남의 땅이 되어가고 있다

서귀포에는 차이나타운이 생기고
서커스도 마술공연도 수중 쇼도
돈이 되는 관광지에는 모두
말투가 다른 이방인들이다

일본은 독도를 호시탐탐인데
제주도는 우리 스스로가
남에게 내주는 꼴이 되어가니

몸부림치며 울부짖는 파도가
제주도의 오늘을 말하는 것만 같다

비자림 숲길

흐르는 계곡물과 잡초 틈새에
지지배배 재질거리는 멧새 소리
변해가는 세상소식을 듣고 있구려

천 년 인내 속에 이천여 그루 자손들을
거느리게 되었다는 비자나무 숲길
나란히 줄지어 서서 나를 맞이하네

온종일 토해내는 너의 진한 향기가
수많은 길손에게 넘치도록 기쁨을 주니
싱그러운 너의 혈기를 나도 남아 가겠다

사려니 숲길

오늘도 걸어본다. 맨발로 사박사박
내일도 걷고 싶다. 젊은 마음으로

퍼즐을 맞추어가듯 걸어보는 이 숲길
바닥에 깔아놓은 짚가리가 풀렸구나

수만 개 꼬여있는 멍석은 몇 코나 될까
한참 세며 걸으면 숫자는 또 멈추고

기억은 희미해도 으스대며 다가오는
심장의 박동소리가 북소리로 들려오니
사려니 숲길을 따라 밝아오는 내 마음

중문자연휴양림

살랑거리는 치마폭은
금방 빨아 걸어놓은 듯
눈썹위에 찰랑거린다

달리는 안경 밖에서
화려한 무대 복을 단장하고
신나게 휘파람을 불어댄다

그 사이로 지나가는 행인들
건장한 체구를 휘청거리며
걸음을 멈추게 하였다
놀다 가란다. 마시고 가란다
눈 속에 넣고 가란다
가슴속 깊이 담아가란다

산속 유혹에 편벽 마루판에 누워
머리와 가슴에 그들을 담아본다

제주 곰솔 밭

아름드리 곰솔 밭을 찾았다
육백년이란 세월을 지낸 곰솔나무는
겹겹이 쌓인 연륜만큼 우람하다

힘겨운 세월을 견뎌온 만큼
곰솔은 비스듬히 누워 있다

곰솔나무가 그 자리를 지키는 이유는
한때 목사 이약동 위인을 지켰던
충성의 본분이 아닐까 생각해 본다
'벽진 이씨의 제주 곰솔 밭.'

천백고지

동동거리며 숨죽여 기어오르는 자동차나
그 속에 여행자 마음이나
가슴 졸이는 것은 같은 심정이었다

동시에 퍼붓는 짙은 안개는
온 주위를 덮었고 적막 속에 깜박거리는 불빛
동시 시호만 믿고 거북이걸음으로 기어 올라갔다

와 잘 왔다 잘 왔어 이래서 산을 오르는구나
찍고 가자, 마시고 가자
눈밭에 구르고 가자
마음껏 소리치고 묶은 때 벗고
근심 걱정 버리고 하얀 마음으로 돌아가라고
온 산천이 눈꽃이 겹겹으로 솜옷 입고 서 있는 나무도
홀 홀 흔들어 우리에게 입혀준다
여물어 가는 이금회 여인네들에게 한 번 걸쳐보고
천백고지 솜털 옷 기분을 느끼고 가란다

남해 보리암

무엇을 바라고 기원하러 오셨는가
모두 엎드려 두 손 모아 합장하네
온 정성 애달피 간절한 바람소리

만불전 앞에 기원하는 중생들
높은 곳에서 은은한 미소로
우리를 내려다보시는 돌부처

모두들 근심걱정 다 풀어놓고
마음 비우고 돌아가라고
따뜻한 눈길로 쓰다듬어 주시네

오를 때는 힘들게 걸어왔어도
부처님 뵈옵고 내려갈 때는
발걸음이 새털처럼 가볍네

파고다공원 뒷골목

지하철 종로3가 5번 출구 파고다공원 뒷골목
미로처럼 엉킨 길바닥에
늙수그레한 노인들 좌판을 펼쳤네
추위만큼이나 목청이 쨍하도록 소리치지만
선뜻 물건 찾는 사람은 보이지 않네
콧속으로 달려드는 퀴퀴한 담배 냄새 인분내만
진동을 하네
담벼락은 노상 방뇨 그림이 제멋대로 얼룩져 있고
쪼그리고 앉아 있는 자리는 그들의 안방이네

대한민국 심장 한복판에 어찌 이런 일이 있는지
가슴이 아리네
독립만세 애국의 산실 파고다공원에게
송구스런 마음만 가득 들어와서
돌아오면서도 마음이 짠해서 자꾸만 뒤돌아보았네

(2014. 12. 지구문학 가는 길목에서)

미당의 생가

질마재 미당 축제에 가는 길
미당 선생을 그리는 목소리가
달리는 버스 밖으로 메아리로 울렸다

국화꽃이 반겨주는 미당마을 초입에는
온 들판에서 노란 꽃잎이
왁자하게 일어서서 향을 뿌리고
눈길마다 선생의 넋이 짙어만 가네

미당 서정주 선생의 생가를 들어서니
미당의 아우는 홀로 형님 집을 바라보며
찾아온 우리들의 인정에 감사하며
눈시울 붉히면서 세월을 지키고 있었다

백마고지에서

백마역에 애국시를 걸러 갔던 날은
6·25때 조국수호를 위해 산화한
전몰영령 62주년 위령제 날이었다
피에 젖은 땅 백마고지에는
역전의 노병들이 모여 있고
3000여 명의 고혼이 깃든 위령비는
가을비에 젖고 있었다

그 때 그 날에는
비 오듯 쏟아지는 포탄에
조국의 젊은이들이
광풍에 지는 꽃잎처럼 떨어졌다지
발밑에 붉은 흙 한 줌이
그들의 선혈인 듯하여
발길이 조심스럽다

의장대 병사들의 조포가 울리고
그날에 산화한 영령들 앞에
묵념을 하는 나는 자꾸만
목이 메고 눈시울이 젖어왔다
백마고지도 가을비에 젖고 있었다

연해주의 무궁화

러시아 연해주 여행 중에
우리 얼 무궁화를 보았네

남의 나라 낯선 땅에서
내조국의 넋이 있었네
일제 강점기
민족혼의 말살을 위해
뽑히고 불살라져
조국 땅에 씨가 말랐던 꽃

그때 망명한 자손일까
가슴이 찡해왔다

이상설 선생 유허비
수이픈 강변에서
발해토성 옛 절터를 넘겨보며
늙고 쇠약한 몸으로 피어서
탐방객의 눈시울을 붉히게 하는 꽃
나라 잃은 서러움을 안고
얼마나 외로웠을까
낯선 이역 러시아에서 핀
우리의 나라꽃 무궁화

신한촌 비

침탈당한 국권회복을 위해
연해주 황무지를 개척하며
대일항쟁의 의지를 불 태웠던
고려인 항일운동 본거지
삼천리금수강산 내 조국
죽어서도 잊을 수가 없어
50만 고려인의 후예들이

영원한 조국을 그리면서
신한촌 80주년 기념비로 우뚝 섰다

화려한 붓 길

벼루를 갈아 한 껍질을 벗긴 먹물에
긴 대자에 수염 꼬리를 달고
살포시 묻혀 손짓 가는 데로 춤을 춘다

살랑살랑 나부끼며 꼬리를
백지 위에 흔들고 먹물을 마셨다 품어낸 모양은

삼천리강산이 온몸에 문신으로 변한 모습을
모두 예술이라 감탄하며 바라보네
그대는 춤추는 붓 길이여라

5부

고향의 삶

착하디착한 막내는
어머니 암 투병 뒷바라지를 혼자서 다했었네
여러 자식 있지만 떨어져 살고 있다 보니
어쩌다 들려보는 남매들은 손님이고
엄마에게 손대지 말란다.

좋은 만남

정봉 김화송

세상에 나 온 우리는
예상치 않았던 만남의 고리를 잡았었지
행운일까
운명일까
약속이었을까

아무도 인연인 줄 몰랐지만
우리는 만났다
너울너울 어우러진 몸짓들이여

뭉잖이 모여 한 소절 율대이 되고
종이와 붓이 만나 그림이 되듯
우리도 이렇게 뭉친 인생들인걸

한 그늘 아래 쉬어가는 동안
젊음의 영위를 잡은 우리네 인생을
짧지만 아름다운 낱토를 담아 두었다가

다음 생에 또 인연으로 만나
그때 그 젊음의 보따리를
풀어 볼 수 있다면 얼마나 좋을까.

낙동강

낙동강 줄기에 정기 받고 태어난 우리

금수강산 아래풀잎 자라듯 세상을 휘졌어
봉우리 진 산천초목에 메아리치며
산전수전 한없이 달려온 우리네 길인 걸

어느 시점인가
우리 문지방에도 울긋불긋
머리부터 발끝까지 단풍이
풍악을 울리고 있네

마냥 풍성한 놀이라도 하듯
그래도 이 자리 마당이 좋으련만
유수처럼 흐르는 세월 속에서

또 다시 낙동강 줄기 기를 받으며
뼛골까지 산으로 돌아가리라

동행

인생을 사노라면 누구나 힘들고 지칠 때가 있지
그대 위해 말 벗 친구가 되어 줄게

잠시 쉬었다가 힘내어 갈 수 있도록
내 어깨를 내어 줄게

때로는 인생의 여정이 험난하여 포기하고 싶어질 때
내 손 내밀어 따뜻한 가슴으로 동반자가 되어 줄게

그대 위해 무거운 짐 다 짊어지고
불평하지 않는 걸음으로
묵묵히 동행하여 줄게

천만다행·1

왠지 기분이 끌려가는 소처럼 가기 싫었다

여행 떠난 막내 시누이가 새참 때쯤 전화로
"언니 일행들이 양평 빙판길 돌다가 논두렁에 뒹굴었어요.
그런데 아직도 몰라요?"

온종일 애간장 타던 중에 밤중이 되니
제각기 증표로 여기저기 붕대를 감고 피투성이로
돌아와서 구구절절 풀어 놓는다

그래도 논두렁을 세 바퀴나 돌고 봉고차는 폐차되었지만
식구들은 그만하길 다행이라고 한숨을 몰아쉬며
3박 4일 일정을 소주 한잔 건배로 씻고
이만하길 천만다행이었네

천만다행·2

소주잔으로 잔을 마주치며 놀란 가슴을 쓸어 내렸다
한마디씩 던진다

친정 오라버니 왈……
무비 카메라 새로 사서 처음 가져가는데
뭐가 휙 뒹굴기에 웩 이거 다치면 안 되는데
가슴에 꼭 안는 대신 내 귀 찢어졌네

사촌 시숙님 머리만 다치지 말자며 두 손으로
꼭 움켜쥐었더니 정수리 터져서 피투성이 되었다네

사촌 오라버니
순간 살아야겠다고 의자 밑에 바짝 엎드렸더니
왼쪽 팔뚝 뼈가 부려졌네

시동생 큰일 났다 싶어 의자와 같이 뒹굴었더니
머리와 팔뚝 다쳤다고

고모부 남의 차 빌려 운전하는데
커브 길이 순간 헛돌기에 앗

깨어 보니 병원이더라고요

차는 폐차되어도 사고는 그만하길
모두 큰일 날 뻔 했다며 양쪽 사돈들은
피투성이에 붕대로 이리 저리 감고 놀란 하루를
이만하길 천만다행이라고 안도했다

시월의 마지막 밤

해마다 시월이 오면 생각나는 마지막 밤
가수 이용은 시월의 밤을 특별한 밤으로 만들었다

공연표가 생겨서 기대에 부풀어
시월의 마지막 밤 공연을 보러 갔더니
수백 명을 모아놓고 기다리는 공연은 안 하고
3시간 동안 문 잠가 놓고 광고만 하더라
그 속에서 소리 지르고 날뛰어도 소용없더라
그들도 먹고 살아야 한다며 상조회 상품만 권하는구나

마지막에 하는 말도
오늘은 목표 달성을 못해서
가수는 보냈습니다

하뿔사! 공짜표를 보니
보일 듯 말 듯 상조회 협찬이 꿈틀거린다
그 해 허탈감은 두고두고
매년 1시월의 마지막 밤이면
상처로 되돌아온다

돈이 뭐길래

세상에 뭐니 뭐니 해도 돈이 권력의 힘이지
돈에 울고 웃고, 죽고 사는 게 돈 명줄이다

안간힘으로 열심히 살려고 노력했던 한 남자가
쥐도 새도 모르게 증발되었다

몇 년 동안을 수소문 했지만 찾을 길이 없었는데
팔 년 동안 무인도에 끌려가
오징어잡이로 팔천만 원 빚만 갚고 나왔단다

삼천만 원 사채가 이년 만에 팔천으로 불어나 갚고 나니
남은 것은 절룩거리는 다리였단다

그래도 그 다리로 돈 벌겠다고
아직도 열심히 삶을 운전 중이다

돈 돈 돈… 돈이 뭐길래
길에 버려도 개도 안 물어 가는 돈인데…

그 아이가 보고 싶다

"저, 저기요"
더듬거리는 말투로 라면상자 두 상자를 들고 들어왔지

"지가 정신 차려 새 각시 만나
떡 방앗간을 차려 제일 먼저
떡을 만들어 왔습니더
우리 아들 조금만 더 키워 주이소
자리 잡히면 데려갈 겁니데이"

그 남자는
어미 자식 팽개치고 허송세월로 산지 오년 째
정신 차려 돌아오니 뿔뿔이 흩어진 내 부모 내 자식…
찾을 길이 막막했는데 막내아들 소식을 들었단다.
4년 동안 길러준 은혜를 떡 상자에 담고서…

일곱 살에 만난 준이, 열한 살에 헤어진 그 모습
새엄마 손에서 잘 자라고 있는지
보고 싶다
많이 자랐을 텐데…

눈물바다

경사스러운 잔칫집에 웃음보다 눈물바다라니…
울지 마라 다짐 해 보건만 흐르는 눈물을 막지 못하네

예식장 한 구석에서 휠체어에 앉아 빗물처럼 짜내는
저 남자는 한눈에 보아도 혼주였구나

얼마나 마음이 도려낼듯 아플까
오늘 같은 축복에 저리도 많은 눈물을 흘리다니

그의 딸 태어날 무렵 교통사고로 살아온 지
삼십 년 넘게 수발을 들면서도
내색한번 하지 않았던 친구

대견하고 장하다
어쩜 그리 무던하더냐
삼십년 고갯길을 지극 정성으로
불평한마디 없이 서방님 공양했구나

아마 그날 혼주의 눈물은
몇 십 년 눈물을 모두 토해내는 듯하구나

(2013. 12 고향 친구 딸 결혼식장에서)

다독다독

다독거리러 오신다 교황님이
저 하늘 구름도 땅덩어리도
어수선한 이 시점에 조금이나마 위로가 될까

모두 들뜬 마음으로 2014. 8. 14를 기다린다
아마도 그날 오시면
8·15부터 무언가 속 시원히 해방이 될까

기다려본다
침체한 땅 위 소생들에게
웃음을 날릴 수 있을까
교황님은 치료사다

그 말씀 한마디
다 안단다 나는 다 안다
다독이는 손길을 기다리나이다

동창회

기다리는 나날이 행복했고
설레는 시간이 멀기만 하더니

왔구나. 왔어 드디어 내일이구나
이 밤만 자고 달려가면 그리웠던
그대들을 한 눈에 안겨 보리라

몸은 달리고 있지만 마음은
꽃 같은 이팔청춘 이 혈기를 누가 막으랴
놀아보세 이 시간을

이다음에 더 늙으면 그때가 좋았다는
그리움을 온 몸 깊숙이 깔아 보세나
후회 없이 풀어보세
비록 모교는 폐교되었지만
우리네 정은 남아 있네
고맙네. 동기들. 사랑하네

너와 나의 인연

나는 너를 잡고 너는 나를 잡았지
몇 해 전 파주홍보에 홀려 미래를 상상하며
내 집을 찍었다만 온 산천인지라

세월이 흘러 산은 밀려나고
쭉쭉 곧은 빌딩만 주인을 찾고 있다

너와 나의 인연이 되어
가온호수는 매일 내 눈에 잠기고
청 푸른 향기는 내 입을 적셔주고 있구나

설레임·1

마음이 두둥실 떠돌고 있다
무엇을 정리해야 할지
무엇을 챙겨야 할지
설레고 두근거린다

전망 좋고 공기 좋은 새집에
이사 간다는 설레임 자랑 거리다
집 마당이 몇 평이나 되는지 본인도 모른다며
저 넓은 호수 공원이 모두 본인 거라며 자랑해댄다

덩달아 집안 살림들도 함께 따라가려고 서두르고 있다
주인은 냉철히 판단하여
버릴 것은 과감히 정을 떼어 버린단다
모두 주인 눈치만 힐끔거리며 바라본다
설레이는 마음을 이대로 영원히 간직했으면 좋으련만

설레임·2

과감히 냉철하게 버리고 가겠다던 주인은
온 집안 구석진 곳을 둘러보니

모든 사물이 애처로이 바라보며 서로 따라가겠다며
화초들도 손을 흔들고 눈치작전하고 있네

그래 너희 모두 내 손때 묻은 것인데
데려갈 수 있는 한 데려가자

사르르 녹아버린 주인의 마음 차곡차곡 챙긴다
많은 식구를 다 데려가겠단다
구석구석 가족들이 분주한 마음으로 미소 짓고 있구나

둥지

두 가족 저축하여 세 가족 늘어났구려
활활 타오르는 불꽃처럼

아웅다웅 예쁘게 사는 모습이
양가 부모님께 효행이지

도배한 등본

헌 집 줄게 새집 다오
모래성 손 등위 쌓아 올린 어린 시절이 생각난다

그는 헌 집 사서 새집 지어 남의 행복 안겨주고
내 집보다 쓸 만하면 이집 저집 옮겨 다닌 지
몇 해이었던가

가득 찬 등본 칸이 비좁다고 소리치네
백지 위에 녹색 줄 까만 글 나란히 줄지어
빈틈없는 이사 흔적, 많이도 도배했네

효자 막내·1

착하디착한 막내는
어머니 암 투병 뒷바라지를 혼자서 다했었네

여러 자식 있지만 떨어져 살고 있다 보니
어쩌다 들러보는 남매들은 손님이고
엄마에게 손대지 말란다. 혼자 하겠다고

혼사길 넘길까 장가가라고 재촉하면
암 투병 엄마 소홀할까
걱정 앞서 장가 안 들었던 효자 동생

혼기를 놓쳤는지
지금은 혼자 사는 것이 안쓰럽기만 하구나
어서 더 늦기 전에 짝을 만나야 할 텐데
막내야 고맙고 미안하다…

효자 막내·2

에구머니,
내가 어릴 땐 엄마 젖 빨아 먹고 자랄 때는
내 눈엔 엄마 가슴이 앞산 봉오리만 했는데
언제 이리 폭 줄었단 말이요

고무풍선 바람 빠진 것처럼 찌그러져 주름만 남았네
욕조 안에서 목욕을 시키며 놀리는 막내

엄마는 아직도 여자라는 마음인지
아들 앞에 수줍은 듯 수건을 살포시 가리면서
에이 자식 어미 앞에서 못하는 말이 없다

"늙으면 다 그렇지,"
너희가 어미 양분 다 빼먹고 난 가죽만 남았잖니
좁은 화장실 욕탕에서 도란도란 모자지간 대화는
그리 다정할 수가 없다
그곳을 본 나는 살포시 웃으면서 문을 닫아주었다
참으로 막내는 효자 중 효자였다

욕심

부모의 마음은 다 같은 마음
안 먹고 안 쓰고 허리띠 졸라매고
지독하다는 소리 들어가며

한푼 두푼 긁어모아 차곡차곡
자식들 물려주고 떠나고 나니
자식들 돈 싸움에 원수 되고 말았네

그 돈 보고 웃을 줄 알았는데
돈 욕심에 울상만 짓는구나
욕심이 화를 부르는구나

명언

당신이 가실 줄 알고 미리 나눠주며
어쨌든지 남매간에 사이좋게 살라는
그 말씀 유언이 명언인지라

그저 만나면 무엇이든
나눠주고 싶고 줘도 부족한 마음

피는 물보다 진하다는 속담이 이것이구나

호랑이 김 선생님

초등학교 때 김 선생님은 호랑이 선생님이었지
이목구비가 큼직하고 눈매가 부리부리해서
괜스레 선생님만 보이면 살금살금 피했다

그분의 우렁찬 목소리는
교실이 흔들리듯 울려 퍼지고
그때는 왜 그리 학생들이 무서워했던지
참 올곧고 바른 생활만 가르쳐주셨는데
마치 냇가에 비치는 잔잔한 은빛 물결 같은 분이었지

지금은 내 고향 옆집의 스승님이시다
울타리 사이로 사시는 김 선생님은
객지에서 내 집 식구가 들릴 때면
두 내외분은 제일 먼저 반겨주시며
따뜻한 칭찬 속에 주름진 웃음꽃이 활짝 피어준다

김 선생님 우리의 영원한 큰 스승님
비록 온몸은 물들고 세월은 변할지라도
따뜻한 선생님 호랑이 김 선생님으로 간직하고 싶다

의좋은 형제

매일 아침이면 문안 인사 오시던 작은아버지
아침마다 기다리는 아버지
두 형제는 둘도 없는 의형제였었다

형님 해장 한잔해야죠
그래 동생 한잔하게나
도란도란 누가 봐도 부러운 형제다

두 사람은 서로의 정을 나누며
플라스틱 금복주 됫병 한 병을 비울 때면
서로 잘났단다

토닥거리다
삼촌은 식식대며 형님 다시는 안 올 랍니더
아버지는 오지 말게 누가 오라던가
서로가 원수처럼 소리치며 헤어지고 난 뒤

다음날이면 언제 그랬냐는 둥
으음~ 형님 일어났어요
웅 그래 어서 오게나 벌떡 일어나

아무 일 없는 듯 툭툭 털고 맞이한다

또 하루를 해장술로 시작한다
역시 형제 싸움은 칼로 물 베기였어

두 사람의 운명

안돼요
안 됩니다
내 손자는 안 됩니다
차라리 날 데려가세요
하늘도 무심하시지
어찌하여 우리 집 맏상제를 데려가려고 한단 말이요

손자 병명을 들은 할아버지는
그날부터 곡기를 끊고 깡술로 보내며
천정만 바라보며 눈물로 호소하던 중에
병원 신세를 지고 말았다

군 복무 중 위독했던 손자는
이승과 저승을 판가름하는 시점에 꿈속에서
하얀 소복 입은 노인이 나타나 둥근 솜사탕을 주며 먹으라 했다
뿌리치는 손자가 호통 속에 받아먹고 나니 꿈이었단다

손자는 살았다는 기분에 들떠
꿈 이야기를 풀어내는 도중 전화가 왔다
할아버지 운명 소식이다

손자를 위해 두 사람의 운명은 바뀌고 말았다

그 후로 손자는 거짓말처럼 깨끗이 완치되었다
신기한 일이다
어찌 그런 일이 있었는지 지금도 아리송하다

2005. 11. 8(음력 10월 8일)

용왕님 용서하이소

"딸아, 요즘 들어 왜 이리 꿈에 고향 집 우물이 보이는지 모르겠네."
"엄마, 꿈은 반대라잖아요. 가을에 묘사墓祀 때 가보면 되지요."

엄마는 고개를 갸웃 흘러버렸다
그해 가을 갑작스레 아버지가 돌아가시고
고향에 갔더니 우리 집 우물이 면에서 일급수로 지정되어
우물 속은 이리저리 호수 등쌀에 몸살을 앓고
뚜껑은 덮여서 동네 사람들 수돗물이 되어 있었다

엄마는 놀라서
아니! 팔십 평생을 보름마다 공들여온 샘을 누가 이리 파 뒤엎었느
냐며
소리를 지르면서 물을 다 퍼내고 예전 그대로 순하게 만들었다

그날 밤 엄마는
"비나이다. 비나이다. 용왕님께 비나이다
잘못했습니다. 용서 하이소
지가 객지 생활 잠깐 한 눈 팔았더니
동네 사람들이 무리한 짓을 했으나
모든 화를 가라앉히소

우째던지 용왕님 용서하세요."

밤새 동서남북을 돌며 빌었다
그래도 용왕님은 화가 안 풀렸는지
몇 년이 바람 불고 뒤죽박죽으로 지나간 듯하다

몇 해가 흐르고 난 지금은
모두가 진한 핏줄로 엉켜 단단한 가정으로 제자리 지키고 있다
그 때를 돌아보니 지금도 마음이 짠하다
그때 엄마 꿈을 가볍게 생각했던 마음이
아직도 목에 걸린다

곤파스

무엇이 그리 슬픈지
밤새 슬피 우는 하늘이여

주룩 주룩 우르르 쾅쾅 번쩍번쩍
걱정이구나

밤새 우는 것도 모자라서
이른 아침에는
휘오리 바람을 불어 대며

저 산 아래 나무 가지가 다 찢어지고
통째로 다 뽑혀 넘어지고 말았구나

또 방송에는 지금 곤파스 바람이 불어오고 있으니
나가지 말라고 예고하고
교통이 중단되었고

지하철이 다리 위에서 움직이질 못하고
초·중학교는 2시간 지연된다고 한다
아파트에 방송은 창문을 닫고 테이프를 붙이란다

어디 이런 전쟁이 또 있을까
이것이 바로 전쟁이구나

와 순간에 전쟁이 이렇게 무섭구나
순간에 곤파스 바람이
온 세상 이들을 놀라게 했네

(2010. 9. 2)

세 평 속 사랑

내 나이 이십일세 철부지
함께 살겠다고 3평짜리 전세방을 구해놓고
무모하게 신접살림을 시작했다

해말끔하게 차려입고
출근하는 뒷모습 보며, 환상만 떠오르고
궁금증만 늘어갔다

주룩주룩 비 오는 날 오후에
곗돈 탔다고
내 돈이라며 싱글벙글 좋아서 어쩔 줄 몰라 하던 그가

저녁이 되니 슬그머니 돈을 가져 나간다
어디 가요?
응, 이집 전세방 구하려고 빌린 돈 갚으러…

허탈하게 빚 갚으러 나가는 뒷모습이
왜 그리 축 처져 보였던지

철부지 사랑으로 덥석 따라와
보금자리를 시작한 것이
지금의 대가족으로 꽃 피우지 않았던가

그 한 마디

"영감 한마디 하고 가소
왜 그냥 가노?
나한테 할 말이 있을 텐데"

아버지 운명을 지켜본 엄마는
뭐가 그리 한스러웠던지
아버지를 있는 힘을 다해 흔들어 깨웠다

아버지는 아무 말 없이
눈물만 주르르 흘리며 두 눈을 감으셨다
엄마는 평생에 매듭을 풀
한 마디를 기다리셨던 모양이다

유산·1

시부모님 머물렀던 흔적
줄지어 뿌려놓은 오남매의 생명줄
무럭무럭 번성하여 대대손손 빛 보란다

장남에게 미안하단다
젊은 청춘 사십팔 장에 물들어 헤어나지 못한 흔적을
큰아들에게 뒤치다꺼리 숙제 남겨 주었다고

맏이의 책임은 다른 남매 걱정할까 봐
입 꾹 다물고 삼 년 만에 부모 빚 갚더니
후유! 한숨 쉬며
아버지 노름 빚 다 갚았다고 편히 쉬시라는 맏아들
남은 유산 5남매 잘 관리하겠다고 보고 했네

유산·2

간혹 친구들은 질문한다
조상님 유산을 얼마나 많이 받았느냐고
나는 많이 물려받았다고 대답한다
지금까지 바르게 사는 정신
절약으로 사는 정신

어렵게 사는 사람들에게 도울 줄 아는 정신
슬픔을 함께 나눌 줄 아는 정신
행복을 함께 할 수 있는 정신

그 이상 더 많은 재산이 어디에 있겠느냐고
마음에 욕심을 버리고 바라보면 모두가 부자인 걸
이것이 물려받은 큰 유산이라고 대답한다

무서운 병마

어무이요 응가 하이소
비름박*에 칠하지 마시고 얼른 한 무더기 하이소
며느리는 나오지 않는 변을 요강에 올려놓고 재촉을 한다
시어머니는
아무런 생각 없이 행동으로 옮긴다
삼배고쟁이를 내려 뽀얀 살을 뽀둣이 내밀며 지그시 눈을 감는다

옳지 잘 하니요
조금 더 더더 응~가 쉬이~ 쉬이
힘주어 노력하는 며느리가 오히려 땀에 흠뻑 젖어
변을 보는 듯했다
그를 보는 시어머니는
물끄러미 흐릿한 두 눈만 껌벅껌벅
내려 보고 있다

한 참 후에야 힘없이 한 덩어리 툭 떨어진 것을 본 며느리는
손뼉을 툭 치며 그려! 댔니요
오늘은 비름박에서 똥칠 안 하겠지요
후유! 한숨을 돌리는 듯했다

눈가에 주름살이 몸서리치듯 입버릇처럼 공시랑 거렸다
본인은 절대 노망기, 물려받지 않겠다며
자식들에게 추한 꼴 보여주지 않겠다고
내가 싸서 내 입에 넣지 않으리라고 다짐했다

＊ 비름박 : 벽

하모니카 소리

들녘 건너 들려오는 하모니카 소리가
오늘따라 옛 기억을 더듬게 하는구나

말똥구리만 굴러도 깔깔댔던 그 때
온 몸속에는 연분홍 꽃들이 피어 있었지

평상에 누워 저 하늘을
볼 때면 저 멀리서 희미한 어둠속으로
담장 밖 꼬리 달고 어서랑 거리며
파고드는 구성진 메아리 소리

내 핏줄 속에 음률에 물결 타고
감성진 눈물에 젖어있던 시절이 있었지

새마을 연탄가스 소동

70년도 중반이었던가
새마을 운동이 시작되어 온 동내가 먼동이 트면
새벽종이 울리네 새 아침이 밝았네
이장 집 음악 소리는 온 동내를 울렸다

평생을 아궁이에 나무만 태워왔던 시절에 연탄이 들어왔다
온 동네 신바람 속에 탈바꿈하여
신기한 화력으로 스물일곱 구멍을 불태웠다

따뜻한 연탄 방에 모두 곤히 잠든 사이
불속의 영혼이 온몸을 휘젓고 목숨을 뺏어가려 했다

사경을 헤매는 것을 본
아버지는 얼른 마당에 엎어놓고 땅 냄새와
찬 공기를 마시게 한 후 깨어나니
어머니는
얼음이 둥둥 떠 있는 동치미 국물을 한 대접 먹였다

연탄불은 편리하면서도 참 무서운 악마였다

인연의 끈

세상 모든 것들이 끈으로 시작되어
끈으로 매듭을 짓고 또 끈을 만들어간다
모든 끈이 우연과 필연으로 엉켜 시작되었고
세상의 끈 중에 가장 질긴 끈은
부부와 그 자식의 끈이다

어느 날 또 우연과 필연이 엉켜
세상의 길을 걸어가다 옷깃만 스친 사람이
기나긴 끈으로 연이 닿기도 한다
요즘 와서 더욱 더 나의 행복에 감사한 일이 있다
사람들을 만나고 사람 사이의 인연에 대해
소중함을 느끼는 시간이 많다

사람 사이에서 열심히 배우고 깨닫고
나태해지지 않도록 용을 쓰고 노력에 노력을 한다
누군가에게 필요한 연이 되도록
남모르게 좋은 연이 되도록
오늘만큼 내일도 최선을 다하는 노력파가 되기를
맑은 하늘에다 바람에다 작은 풀잎에다

외쳐 마음 속 깊이 간직한다
어제보다 나은 내일을 위해
자랑스러운 끈이 되기를 기도한다
의미 있는 끈이 되길 기도한다

해바라기

무성하게 솟아오를 땐 겁나는 줄 몰랐지
하늘 높은 줄 모르고 치솟는 너

너풀거리며 금장 옷 걸치고 설쳐대 본들
사정없이 솟아나는 총알을 머리에 이고

무거워 못 살겠다며 해님 눈치만 보다가
하나둘 금장 옷 벗어 던지고
항복하며 허리 굽혀 패자 되었네

반딧불

반짝 거리며 숨죽여 타내려가는 반딧불
어느 기둥 꼭대기에 불붙었단 말인가

눈치 없는 연기는 길게 곡선을 그리며
바람결에 선율을 타고 있구나

너 때문에 속도 타고 돈도 타고
너를 보는 이들도 눈치 보며 마음도 타들어간다

낯선 손님

바삐 좁은 골목길 사이를 통과하는 도중
웬 낯선 거울이
우두커니 담벼락에 붙어 있는 것이 아닌가
"어, 이거 언제 누가 붙여 놓았지?"

고개를 기웃거리고 그 속을 들여다보니
아니 중년의 모습이 숨을 몰아쉬며 나를 보고 있네
나는 순간 또 화들짝 놀라 당신은 누구요?
아니! 바로 내 모습이었잖아

한숨을 쉬며
아니 꽃다운 내 청춘 다 어디 가고
이 모양 이 꼴로 누가 내 얼굴에 주름살 그려놓았느냐고
후회해본들 아무런 소용없지만 서러움에 복받쳐
혼자서 한탄하는 중년의 신세는 거칠 줄 모르는구나

6부

내 고향 나들이

내 고향 사현리의 전설이다
아래쪽 선비는 과거시험 보려 한양 가는 도중
뭉우리 작은 새재를 힘겹게 넘어오다
주막집에 앉아
막걸리 한 대접을 마시고 곤히 잠이 들었단다

엄마의 노래

정봉 김화순

베야 베야 어서짜서
시어머님께 신정받고
한 폭 두 폭 말아서
우리자식 살찌우자

이 베 짜고 돈 벌어서
억만장자 부럽지 않게
어서 빨리 자식 키워
서울 구경 시켜보자

베틀 삼에 앉아서
철먹철먹 베틀을 누를 때 마다
명주 베도 쌓이고
엄마 마음도 흡섭 했었지.

문경 관문

철철이 색동 옷 입고
치마폭을 낭창대며 오가는 행인들을
감탄시키는 그곳

물 맑고 경치 좋은
관문을 들어가 타박타박 맨발로 걷다보며
3관문까지 수월하게 이십 리를 오르게 되네

옛 선비가 과거길 쉬어간 흔적을 뒤돌아보라고
보존해 놓고 촬영소 마을까지 우뚝 세워놓았네

해마다 축제 마당으로 경사를 퍼놓고 널리 펼치며
팔대 명소 산바람을 빛을 피우고 있구나
내 고향 아름다운 문경 자랑 하리라

구수한 향기

문경새재 3관문 한 쪽에 어설픈 선술집에서
평상에 앉아 적 쪼가리를 주문했다
잡 산나물은 하얀 옷을 갈아입고
둥근 팬 위에 누워 지글 뽀글 뿜어낸다

쓴맛 단맛 가득 품은
줄기의 진한 맛에 한숨을 몰아쉬며
요염한 부침으로 변신하여 상위에 올라앉자
향기를 뿌리며 행인들의 입에
군침 돌게 하는구나

(2015. 5. 문경 여행길에서)

내 고향 유래

내 고향 사현리의 전설이다
아래쪽 선비는 과거시험 보려 한양 가는 도중
뭉우리 작은 새재를 힘겹게 넘어오다

주막집에 앉아
막걸리 한 대접을 마시고 곤히 잠이 들었단다
깨어 보니 해는 저물어 과거에 늦었다고

하소연을 한 사연이 있었다고 사현리 주막담
이름이 붙었단다
경북 문경 농암면 사현리 주막담 내 고향인 걸

터줏대감 攄浣大監

먼지가 펄펄 휘날리는 신작로 길을
옆 지붕만 희미하게 보이는 문경 사현 땅
구석진 한곳에
터줏대감님이 묵묵히 지키는 곳이 내 고향이다
그 속에서
한 백년을 내다보고 있다

우리는 자라면서 대궐이라 생각했는데
세월이 흘렀는지 대궐님이 늙으셨는지
너무나 초라해 보인다

자손들은 새롭게 단장시켜
내 고향 별장으로 이름을 바꿔
신나게 드나든다

언제나 묵묵히 기다리는 터주대감님은
자손들이 드나들 때면 삽짝 문을 열어주고
불을 비춰주며 환영한다
그래서 내 집이 좋은 모양이다

수숫대 집안

얼마나 찌고 싶은 살이었던가
남들 보기에 피죽도 한 그릇 못 먹은 사람처럼
바람 불면 날아갈까 흔들리면 꺾어질까

세상은 제 마음대로 안 되는 것이다
남들은 떼어 버리려고 노력하는데
수숫대 집안은 쪄보는 것이 소원이지

조상님 기일 날이면 모여 앉은 육 남매는
삐쩍 마른 살을 보여주며 자랑거리를 풀어낸다
오빠는
"난 올 겨울에 돼지족발 엄청나게 먹었구먼."
"그래요. 난 겨우내 가물치 고와 먹었어요."
피식거리며 비웃는 아우,
"재기랑 라면 먹으면 살 된다기에 몇 상자 결딴냈어
찌기는 뭘 쪄! 살은 아무나 찌나,"

살의 전쟁 속을 헤쳐온 것처럼 구걸해댄다
그래도 노력결과 서로 만나면 배를 쭉 내밀고 두드리며
노력한 결과를 배자랑 속에 웃음꽃 피우며 오늘도 한잔을 기원하며
수숫대 집안을 면할 노력을 하고 있다.

스승님 비

위성을 앞세워 찾아간 경북 상주 외남. 스승님 시비
감꽃과 찔레꽃이 뽀얀 옷 갈아입고 웃음 꽃 피워
싱그러운 향수 뿌려주며 어서 오란다

반가이 맞이한 김종상 시비 위에는
아버지 어머니 그리움 소식을 담아
방금 물청소 해 놓은 듯 반짝거리고
우리를 한눈에 안겨주었네

저 건너 모심는 농부들 힐끔거리며 바라본다
그 속에 제자라도 있는 듯 뿌듯이 어깨 피며
자랑스럽게 우리를 바라보며 힘주는 듯했다

힘차게 달려간 스승님 시비 길

더 많은 자랑거리 싣고 돌아오는 마음은
한량없이 기쁨이 들떠서 돌아왔었네

(2015. 5. 24 스승님 시 비를 찾아)

하늘아래 첫 감나무

곶감으로 이름 날린 상주 테마 공원입구에
늙고 쇠약한 몸으로 깁스한 하늘 아래 첫 감나무가 있다

750년이란 세월을 버티어 지팡이 없으면
하루도 못살 정도의 고목나무위에
잎사귀와 감꽃은 흐드러지게 피어서 무거운 짐을 지는 듯하다

해마다 몸뚱이는 늙어가지만 역사를 남기려고
가진 힘을 다해 꽃을 피우고 열매를 맺겠지

오가는 행인들에 좋은 인상 남겨주려고
상주시는 "감꽃이 피었습니다." 광고가
온 들판위에 걸려서 펄럭이고 있구나

한 페이지 역사를 보는 듯 했지만
언제까지 하늘아래 첫 감나무로 남아 있을는지
기대가 된다

박대통령 생가

고 박정희 대통령
발령 처음으로 부임하신 문경초등학교
사택에서 거주하셨던 담벼락에 살구나무가 자랐다

몇 년 후 나라를 책임질 대통령 되어 충성하셨던 중
때 아닌 살구꽃이 활짝 피어난 후 대통령 서거 후에
무슨 예감이었는지 그 나무도 부러져 죽고 말았다

지금도 남아있는 살구나무가 유리 관속에 보관되어
오가는 행인의 가슴에 아련히 스쳐가는 청운각이다

박근혜 오동나무

봉황이 내려앉는 상스러운 나무란다
고 박대통령 하숙당시 사용하셨던 우물 속 벽에서
신기하게도 오동나무가 한 그루 자라고 있다

주위 사람들은
그 나무가 봉황이 내려앉은 상스러운 나무라며
샘 주위에 철망으로 관리하며
지금의 박근혜 대통령을 상징하여

박근혜 오동나무로 명패를 달고
시민의 발길을 멈추어 보고 듣고 가란다
얼핏 보면 마치 봉황새 모양으로 자라고 있다

(2015. 5. 대통령 생가를 돌아보고)

미륵사

신라 경순왕 막내아들은 신라가 망하자
나라 빼앗긴 한을 품고 봇짐을 메고
하늘재를 오르다 날이 저물어 그곳에 잠을 잤단다
꿈속에서
아래 반대쪽 내려가면 평탄한자리를 골라
그곳에 부처를 모시라는 부탁 속에 천 년 후엔
많은 신도가 모여들 것이라고 했기에
다음날 내려가 돌부처를 모셔놓고 떠났단다

그 후에도 세월이 흐르며 그 부처는 칡넝쿨에
묻혀서 중생들을 기다리던 중
6·25사변 당시 허 씨라는 할머니 눈에 띄어
칡넝쿨을 걷은 후 그곳에서 움막을 치고 살면서
일생을 보냈단다

그 덕분인지

천 년이란 세월을 10.6m 거대한 돌부처를 미륵사라고

불리며 늙고 쇠약한 몸으로 온몸에 실금 둘러싸고

수많은 신도의 근심 걱정 모두 받아주고 있구나

나무

나무도 할 짓은 다 한다
바람이 불며 휘파람도 불고
사랑하는 사람이 다가오면 웃음으로 반겨준다
무더운 날에는 온 잎을 펴 그늘도 되어주지

그러나 무서운 사람이 오면 온몸을 움츠린다
톱으로 나무를 베려고 다가오면 바들바들 떨며
눈물을 흘리고 오줌도 지린다

그러나 도망도 못 간다
그냥 당하고 있다
자기 몸이 부러지며 큰소리친다
뿌 찌 지 찍… 아~~야
'아이고, 내 죽는다' 란 소리다

무법자

필리핀 여행 중에 무법자 때문에 웃음꽃이 피었다
삼일 간 연휴 중에 필리핀 도로는 막히는데
그 중 우리 여행 차 앞에 무법자를 선두 했단다

뚫는다, 뚫어. 앵앵거리며 못가는 길이 없단다
앞차 뒤차 가로세로 막아대며 우리 버스 지나가란다
그는 중앙선 침범도 아무렇지 않은 듯 통과했다

사흘간 버스 일행은 마음을 폈다 조였다
그 나라는 경찰의 힘이 제일 큰 줄 알고 있단다
그들보다 더 무서운 것은
돈이다 돈 앞에는 그들도 굽실거리더라

배불뚝이

곧고 쭉 빠진 기둥은 어디에 보내고
한 아름 움켜쥐고 뒤뚱거리누
몰아쉬며 내쉬고 이리저리 힐끔거리며

남의 눈치를 힐끔 힐끔 훔쳐보다
내 몸을 몰래 움츠리고 꾸짖어대며
나오지 말고 들어가란다

낙엽이 쌓일수록 땅속 무 배부르듯
덮고 또 덮어보지만 뿔뚝 진 몸 품새
세월의 흔적을 배 속에 저장하는구나

내려다 본 세상

하늘 아래
두둥실 구름을 헤치고 내려다 본 우리의 영토

모판 잘라 놓은 듯 객토 정리가 잘 되어 있구나

예술이구나. 곱디고운 천국이구나

이 좋은 날
나 행복하리라 감사하리라

위에서 내려다 본 세상
이보다 더 천국이 따로 있을까

다이아몬드

하나 둘 셋…
셀 수 없는 저 다이아몬드들
온 세상 가득 뿌려놓았네

밤마다 누가 저리 바쁘게 달려와
뿌려놓고 말도 없이 가는 걸까

아름다운 곳에서 불편 없이 즐기라고
전력님이 달려와서 뿌려놓고
밝은 아침 해가 떠오르면
재빨리 거두어 가는 것

다이아몬드는 전력님의 것일까
내가 가질 다이아몬드는 어디에 있는 것일까

이 몸뚱이 건강하고 행복하다면
저 많은 다이아몬드 속에 묻혀 사는
우리 인간이 보석 아닐까

그림자

야! 너는 누구니?
나만 졸졸 따라다니니
왜 내 등 뒤만 붙어 다니는 거니
밟고 또 잡아도 잡히지 않는 너의 모습

길어졌다 짧아졌다
너의 길이를 알 수가 없구나
알짱거리는 너 때문에
내 갈 길을 못 가는구나
이 세상 모두가 그림자 등만 따라가고 있구나

대가족

아버지는 알알이 여문 누런 볏단을
황소를 앞세워 달구지에 가득 실어
집채만 하게 마당에 쌓아놓았다

다음날 온종일 애롱거리는 소리는 동네를 휘저었는데
저녁 무렵이면 봉오리처럼 나락을 쌓아
뒤꼍 나락 뒤주에 가득 채워 놓았다

나도 덩달아 부자가 된 기분에 배가 불렀다
아버지 이거 누가 다 먹어요
우리 집 식솔이 먹지

쥐랑 새와 두더지도 먹어야지
소도 있잖어 애벌레도 있고
모두가 우리 대가족 아니더냐

나는 고개를 끄덕끄덕 거렸다

근심덩이 공양

봉암사 해우소에서
근심을 해결하고 있는데

하루살이들이 몰려와
한바탕 축제를 벌이려 한다

저들에게는 내 근심덩이가
일용할 양식이 되는구나

근심도 때로는 쓸모가 있나니
근심으로 근심하지 않고
선심으로 공양할 수 있는 것을

끙! 근심 몇 덩이로
큰 선심 썼다는 생각을 하며
혼자서 빙그레 웃었다

눈요기

온몸에 소름이 솟아나는 빙판 위에서
움츠렸다 폈다
가지각색 알몸으로 연출을 한다

누군가에게 제목으로 변신한 몸
모두 상품의 가치가 될까 담아본다

온몸을 헌신하며 나의 영혼을 빼앗아가
그 영혼이 누군가의
눈요기로 대리 만족 하리라

그때가 그립다

별을 이불로 하고
초승달을 등불 삼아
들마루에 누워 사랑을 속삭였지

그 때는 모든 것이 꽃이었지
대책 없는 설렘이었지

달 없는 그믐이면 불타는 사랑으로
보리밭도 결딴이 나고
가슴속은 풋보리 향기로 채워졌지

그 때를 그리워하며
세월에 지는 꽃 한 송이

자식의 힘

어두컴컴한 방안에
희미한 호롱불만 너풀너풀 춤을 추며
어둠침침하게 온 방을 비춰 추고 있다
온 몸뚱이가 홍역 꽃으로 만발하여 숨만 허덕이는 아이를
어머니는 애간장을 녹이며 머리맡에서 떠날 줄 몰랐지

다음날 아버지는 수북이 쌓인 눈길에 산속을 헤매다
눈 속에 덮인 참나무 가지에 붙어있는 겨우살이를 보고
친정아버지 반기듯 장화발로 뛰어 올라
미끄럼도 모른 채 낫으로 한 둥치 뚝 잘라 성큼 성큼 돌아오셨다

차디찬 손으로 자식 앞에 앉아 머리를 쓰다듬으시며
금방이라도 열꽃을 다 따버릴 것처럼
환한 눈길로 사인을 보내주셨던 아버지

그 무렵 정성들인 겨우살이 달인 물로 수월하게 일어났었지
아직도…
아버지에게 고맙다는 인사도 못했는데 저 먼 곳에 가셨네
부모자식 사랑은 끊어지지 않는 연의 핏줄이다

정봉 김화순

너풀너풀 휘날린다
저 높은 기슭에서

꼬리 치며 펄럭인다
정봉이란 호를 달고

어머니 바른 정 떼어
아버지 새 봉자 앞에 놓고
정봉이란 이름 지어 아호라고 소리치며
천리만리 바람결에 온 세상을 알리라네

우리 선생님

배꽃처럼 하얀 피부를 지닌 선생님이
우리 학교에 첫 부임하셨다

4학년 교실에 사랑 꽃 화살이 꽂혔다
수업 중에 칭찬이라도 듣는 그날은
구름에 날릴 듯 기분이 좋았고
무섭게 화가 난 얼굴도 예뻐 보였다

공부시간에 훔쳐본 외모를
하교 길에 화젯거리가 되었다
갖은 양념을 넣어 밥상 위에 반찬 집어내듯 들썩거렸다

한 해 동안 가슴에 불씨를 심어놓고 발령이란다
반장은 새끼줄 한 타래를 가져와
선생님 허리춤에 묶어서 우리 반은 붙잡고 매달렸다
선생님 눈물마저도
쟁반위에 구르는 옥구슬처럼 보였다

얼마 전 동창회를 마치고 폐교된 학교를 돌아보다
우리선생님 기억이 스쳐갔다
세월이 흘러도
떠오르는 모습은 스물다섯 그때 그 모습이다

소꿉동무들

온몸에 알레르기가 돋아나
붉은 딸기처럼 스멀거리는데
가야 할 동창회 길을 가로지르네

마음은 도로를 달리고
몸은 집에서 재촉만 하는구나
갈까 말까 갈팡질팡 분주 떨다가

분가루 면상에다 떡칠하고
홀린 듯이 달려가 옛 친구 상봉하니
더 없이 그리 반갑더라

(2015. 5. 10 동창회)

헛기침

이른 아침 아버지 으음 헛기침 소리는
아침잠을 깨우는 소리고

시험 보고 뒤에 "에헴" 기침 소리는
다음엔 더 잘 보라는 신호이고

식구가 늘어날 때 헛기침 소리는
어깨으쓱 기세당당 부자란 소리이다

다혈질

허름한
칼국수 집에 앉은 친구

보리밥 위에
열무김치 고추장에 싹싹 비벼
한 수저 입에 넣고 짭짭 되며

엄지손가락을 치켜세운다
여기가 최고라고

잠시 후 칼국수 한 수저 맛보더니
우거지상을 펴며 이것은 아니라며
가위표를 던진다

7부

충절의 고장

- 경남 의령 이야기 -

의령 남산자락에 우뚝 선

천강 곽재우 장군의 동상

장군님의 기세당당한 모습으로

의령군의 긍지를 높이고

젊은이들의 기를 살립니다

의령과의 만남

시인 김화순
(의령군 의령부평향우 부인)

그이의 고향

일찍 부모님을 잃어버리고
어린 형제자매와 헤어진 땅
의령은 눈물에 젖은 그의 산천이다

고향은 까마귀만 봐도 반갑다지만
그에게는 남다른 그리움의 땅이라
탐방객을 데리고 해설자가 되어
몸으로 뛰어다니며 자랑을 한다

좋다 정말 장하구나
훌륭한 위인들이 많은 고운 산수
그 땅에 태어났음을 은혜로 받아
의령의 긍지와 발전을 높이는 사람

충익사

의령 남산자락에 우뚝 선
천강 곽재우 장군의 동상
장군님의 기세당당한 모습으로
의령군의 긍지를 높이고
젊은이들의 기를 살립니다

해마다 오월이면
자굴산 정기 서린 축제 마당에서
조상님 거룩한 뜻과
역사의 교훈을 생각합니다

오늘도 충익사에 와서
장군님의 기를 가슴에 받아 안고
일렁거리는 출렁다리를 건너며
물 위에 둥둥 떠다니는
야간 조명의 환송을 받습니다

일봉사

조선 중기 점필제 김종직 선생이 함양군을 다스릴 때
한숨 쉬며 봉황대 정상에서 내려 보니
아름다운 풍경이 마치 금강산을 축소해놓은 듯했단다

들려오는 목탁소리를 들으며
시인 묵객들과 고주일배苦酒一杯 풍월을 읊는 동안
몸과 마음은 어느새 일봉사 법당에 공들이고 있었다

불자님이 이르셨다
가슴속 깊이 담아 가란다. 눈에 넣고 가란다
계곡물에 불치병은 다 씻어버리고 새 물 담아가란다
모두가 마음먹기에 달렸다고
좋은 생각 좋은 마음으로 의령군을 다스리라고
지금의 일봉사는 세계에서 법당으로 손꼽히는 자랑거리
먼 나라 영국에도 기네스북에도 이름이 있단다

백문이 불여일견인 걸
어서 가서 마시고 담아 오시구려

유학사

신라 고승 원효 스님이
제자들과 자굴산 명경대에서 수도하던 중
휘영청 달 밝은 밤에 큰 호랑이가 나타나
꼬리를 흔들며 등에 타라고 하더란다
스님이 등에 올라탔더니
호랑이는 쏜살같이 달려서
신덕산 병풍바위 앞에 스님을 내려놓고 사라졌겠다
스님은 그 자리에 암자를 짓고 수도를 하였는데
그것이 유학사이고, 신라 문무왕 662년의 일이었다
유학사는 천년의 고찰로 명성이 높은데
신도들의 소원을 잘 들어 준다고 한다

부림면 여배리 마을 사람들은
유학사에 불공들인 기를 받아
많은 정치가와 유명인사가 나고 있단다

벽계저수지

낭창낭창 너풀대며 일렁이는 벽계저수지
한우산 십 리 계곡에서 크고 작은 폭포가
함께 모여 춤을 추며 길손을 유혹하네

신선소와 선녀소가 달밤의 은빛 물결유혹에
선녀소가 내려와 물속에서 사랑을 엮고 있는데
심술궂은 자라가 선녀소의 엉덩이를 물었다네

신선소는 선녀소의 독을 빼려다 사랑이 더 깊어져
그만 그 자리에 머물었다는 전설이 있네

그래서 한우산 벽계저수지라 했던가
산천댐 귀뚜라미 장단 맞춰 산새들도
반딧불 조명 들고 여름밤을 즐기며 합창하네

정암루

임진왜란 때 만 삼천 명의 왜적과
우리 의병 이천 명이 싸워 승리한
유서 깊은 승전지 정암루

강 가운데 바위 하나 우뚝 서있는데
싸움에 승리했다던 그 바위를 솥바위라 부르지

왜적과 싸울 때 아낙네들이
밥을 지어 의병들께 주었다는 솥바위

솥바위의 신통력은 지금도 남아
주변 이십 리 안팎 사람들은 기를 받아
나라의 경제거장 탄생지로 알려졌지

불양암

마을 처녀가 조개를 잡다가 태풍에 휩쓸려 죽은 뒤
마을은 흉년이 들어 사람들이 울상이었는데
지나가는 도인이
산 중턱에 남근바위를 강물에 수장시키라 했다

마을 청년들은 밤중에 횃불을 들고
바위를 밧줄로 끌어 강물 속에 안치 한 후에는
전곡리 마을은 풍년이 계속되어
그 곳을 기도처로 불양암 탑바위의 신통력을 믿는다

소싸움

"으랏, 차 차 차!"
승자와 패자를 가누며
온종일 목이 터지라 외치는
해설사의 이야기가 메아리치더라
2013년 5월 31일
'제26회 의령 소싸움 대회 날이다

"어서 오세요! 행운권입니다
소 한 마리 타 가십시오!"
상냥한 안내원들은
입장객의 손에다 도장을 찍어 주고

말 못하는 소들은 큰 눈으로
상대방을 겁을 주며 뿔을 맞대고
겁 많은 소는 오줌을 질질 싸기도 한다

주인에게 충성하는 모습이 안쓰럽기만 하다
그놈의 돈이 무엇인지
모두가 돈 때문에 충성해야 되겠지
"으 랏 차차!"
소들은 사활을 건 한판 대결로 승패가 갈린다

천강 곽재우

장군은 아무나 되는 것이 아니다
곽장군은 자랄 때부터 남달리 눈에 띄었단다
큰 밧줄로 강줄기를 가로질러 놓고
그 밧줄을 타고 인형놀이를 했던 장군은
왜군들과 싸울 때 붉은 옷을 입고
물 위를 떠다니며 왜적을 무찔렀는데
왜군이 아무리 총을 쏴도 죽지 않았단다

곽장군은 그래서 하늘에서 내려온
붉은 옷을 입은 장군이라 해서
천강 홍의장군이라 불렸단다

남다른 전략으로 왜군을 물리쳤던
곽재우 장군은 지금도 호미산성 강줄기에서
머리를 굴리고 있는 듯
탐방객들 머리에 전설이 스쳐간다

관정 이종환

그는 알고 있다
돈이란 개처럼 벌어서 정성같이 쓰라는 뜻을
어려움이 무엇인지
배움의 굶주림을 겪고 지나간 자리다

그는 뿌리고 있다
뿌듯한 마음으로 장학금을 기부하고 있다
어쩌면 하늘에서 그를 내려준 것인지도 모른다
경남 의령군 용덕면에서 정미소를 시작한 후
1958년도에 삼영화학을 세웠다
피와 땀으로 만들어낸 고무제품은
모두 그분의 손을 거쳐 나왔다

오르지 그분은
돈을 벌면 어려운 학생을 키우는데 썼다
많은 손이 가야 뿌리가 자라 줄기가 번창한다는
굳센 신념으로 장학재단에 온몸을 던지신다

낚시터에서 낚싯줄만 주고 고기를 잡으란다
바로 그것이다. 젊은이들에게 지식을 주고는

그 후론 본인이 헤쳐 나갈 문제란다

그분은 낚시만 주었지
고기는 절대 잡아주지 않는다
관정 이종환교육재단은 그래서
아시아 최고의 기부왕이란 수식어가 붙었다

호암 이병철

우리나라 경제의 거장인 이병철 회장님
자나 깨나 경제발전에 노력했던 분
그분의 노력으로 우리 대한민국은
세계의 경제 대국으로 우뚝 섰지

양서 사자 일행은 남쪽지역 탐방 중
그분의 생가를 찾아 해설자 안내 말에
부자 바위에 두 손을 문지르란다
세계의 재벌을 낳았다는 전설의 바위

호암의 생가 기슭에 서 있는
부자바위를 바라보며
모두 부자가 된 기분으로
망개떡 한 입으로 행복했지

삶을 복제해 놓은 정봉의 서사시

김 종 상
(문학신문 주필)

정봉 김화순 시인이 시집을 낸다고 했다. 시인으로 등단한 후 나와 인연이 되어 문학공부를 계속하고 있는 김화순金花順 시인은 모든 일에 열정적이고 자신감이 넘쳤다. 그런 그가 남편의 진갑을 기념하고 부모님을 기리는 정을 함께 담아 시집을 내겠다며 작품에 대한 이야기를 써달라고 했다. 작품에 대한 이야기라면 추천사나 해설이 되는데 그런 것은 주례사 같은 상투적인 이야기가 되기 쉽다. 내가 아는 김화순 시인은 단순한 문학도가 아니다. 젊어서 단신으로 상경하여 사업에 성공을 했고 봉사사업에도 열정을 쏟는 입지전적인 사람이다. 문학작품도 그러한 삶의 길에 피어난 노방초路傍草와도 같아서 색깔과 향기가 별다르다. 그래서 시를 곁들여서 그가 살아온 자취를 엿보기로 했다.

김화순 시인은 문경에서 태어났다. 조선시대 영남 선비들의 과거

길 길목인 주흘산 새재 밑에 자리한 문경은 산수가 수려하기로 이름
난 곳이다. 문경새재도립공원과 드라마촬영장, 신선이 살았다는 선
유동, 작은 금강산으로 불리는 아름다운 계곡과 울창한 원시림, 김용
사를 비롯한 천년 고찰과 현대적인 석탄박물관, 도자기박물관, 생태
공원 등의 관광명소가 있어 많은 관광객들이 찾아드는 곳이다.

　김화순 시인은 경주김씨로 신라 경순왕의 후예다. 1960년 문경군
농암면 사현리에서 아버지 김봉기 님과 어머니 이정돌 여사의 4남 2
녀 중 맏딸로 태어났다. 그는 부모에 대한 효성이 남달라 아호도 어
머니 이름자의 정正과 아버지 이름자의 봉鳳을 따서 정봉正鳳으로 하고
평생 부모를 가슴에 품고 봉황새로 비상하고야 말겠다는 큰 꿈을 품
었다. 하지만 고향 문경에서는 그의 꿈을 펼칠 수가 없었다. 술을 좋
아하는 아버지는 술만 하시면 길쌈과 농사일로 힘들어하시는 어머니
를 이유 없이 들들 볶았다. 그럴 때면 어머니는 '내가 글을 알면 한스
럽게 살아가는 이 흔적을 오래도록 남겨 둘 텐데' 하며 푸념을 했다.
김화순은 그런 어머니를 보면서 속으로 '제가 크면 어머니 일을 글로
남길 게요' 했다. 김화순이 시인이 된 것은 그것이 첫 번째 동기라고
했다. 그것은 그의 시에 잘 나타나 있다.

　　　내가 문학의 길에 들어선 이유는
　　　어머니의 허기진 마음을 채우기 위해서다
　　　배우지 못한 굶주림에 평생을 숨죽여 사셨던 울 어머니

　　　오일장 가시는 날이면 열 손가락으로 셈을 곱했다
　　　손가락을 구부려 가며 필산보다 암산이 더 빨랐다
　　　그렇게 사신지 어언 팔십 성상 고갯길

　　　기죽어 말 못하고 혼자서 흥얼거리다가

사무치며 애꿎은 시대와 머리만 원망했다
내가 글을 알면 한스럽게 살아온 흔적을 남겨 둘 텐데
네가 내 혼적을 남겨달라는 어머니의 한 서린 말씀
그 소리를 듣고 자란 나는 조금이나마
어머니의 흔적을 남기려고 들어선 이 길이
내 허기진 머리를 채워주고 있다

어머니, 존경하는 울 어머니!
당신 평생 못 채운 글 한을 제가 대신 채워 드리겠습니다
내 머리가 어머니를 대신하여 풀어내어 보겠습니다
저의 모습으로 만족하시며 기뻐해 주세요
편히 쉬소서. 사랑합니다
어머니. 우리 어머니.

　　　　　　　　　　　　　　　　　　　　　　　　　　　－「내 안의 양식」 전문

　그래서 김화순金花順 시인은 빨리 넓은 대지로 비상하겠다는 생각
을 주체하지 못했는지 중학 3학년 때 무단가출을 한다. 그 때의 일을
다음과 같이 쓰고 있다.

딱 걸렸네! 딱 걸렸어!/ 걸려도 요렇게 걸릴 줄이야!
중3 사춘기 소녀 시절에/ 객지에서 온 친구 따라
다섯 명이 환상을 안고 가출을 했다

2시간도 안 되어 기차에서
경찰에게 잡혀 대구로 끌려갔지
"아니, 요것들 봐라!/ 머리에 쇠똥도 안 떨어진 것들이
부모 몰래 도망을 나와!"
경찰관은 두 눈을 부라리며
집을 나온 까닭과/ 돈의 출처를 다그쳤다.

"너는 무슨 돈 가져왔나!"
"아, 아버지가 농암 장날 개판 돈 장롱 속에서 훔쳐 왔어요."
아이는 몸을 사시나무처럼 떨었다.

"다음 넌!" / 다음 아이는 콧물을 훌쩍거리며
"엄마가 점촌 장에 옹기 판 돈 / 단지 속에 놔둔 것 가져왔어요."

그 다음 아이는 / 엄마가 담배 조리품팔이로 받은 돈
꺼내왔다고 진술했고,
나는 아버지가 나무판 돈을 / 훔쳐왔다고 자수했다.

객지 친구는 주모자라서 / 이리저리 뺨을 맞았다.
손목에 쇠고랑을 채워 엎드려 놓고 / 몽둥이로 때리며 겁을 주었다.

그래도 집에 돌려보낼 때는 / 전과자라고 위협 주고 감방 생활했다며
순두부 먹여서 보내주신 경찰관 아저씨!
1박 2일의 화려한 가출 사건은
지금까지도 가슴에 묻고 살고 있다.

　　　　　　　　　　　　　　　　　　　　─「화려한 가출」 전문

　학교를 졸업하고 부모님 일을 돕던 김화순은 서울로 가기로 결심한다. 아버지는 반대했다. 걱정이 많았지만 딸의 결심을 꺾지 못했다. 술을 한 잔 하면 딸에게 장광설을 늘어놓으셨다.
　"여자는 객지에 나가면 남자 보길 원수 같이 하여라. 특히 서울에서는 모든 남자들이 도둑이고 늑대라고 생각해라."
　"객지에 나가면 여러 사람과 어울려야 하는데 그러면 어떻게 살아요?"
　"조심하라는 거야. 그리고 먹는 것은 돼지 같이 하여도 잠자리만은 특히 조심해서 꼭 가려서 자도록 하여라."

김화순은 생각했다. 늑대는 평생 한 마리 짝을 사랑하며, 목숨을 바쳐 보호한다고 들었다. 그러다가 짝이 죽으면 어린 새끼를 홀로 돌보다가, 새끼가 다 자라면 짝이 죽은 곳에 가서 굶어 죽는다고 한다. 이런 이야기는 아버지도 잘 알고 계신다. 그런데 남자는 늑대이니 조심하라는 것은 이해가 안 되었다.

　또 아버지는 서울은 눈뜨고 코 베어간다는 곳인데 부모를 떠나서 혼자 어떻게 살아가겠느냐고 했다. 아버지 말씀을 명심하고 주의하겠다고 했다.

　아버지의 그런 걱정을 뒤로 하고 김화순은 스무 살 되던 봄. 서울에서 메리야스회사에 다니는 뒷동네 언니를 따라 문경을 떠났다. 백양메리야스회사에 취직을 했다. 많은 사람을 만나면서 세상에서 제일 무서운 것이 사람이고 그 중에서도 서울은 믿을 수 없고 무서운 사람이 많은 곳이라고 하시던 아버지말씀을 생각하며 몇 개월간은 일에만 열중했다. 다른 사람들과는 말도 잘 하지 않고 하루하루를 살얼음을 밟듯 지냈다.

　그러던 어느 날이었다. 회사 기숙사에 같이 있는 동료가 군에 가는 자기 남자 친구의 송별회에 초대했다. 개봉동에 있는 입대할 남자의 형님네 집 빌라 2층이었다. 남자들도 여러 명 와있었다. 저녁을 먹고는 돌아가면서 노래를 부르는데 김화순은 차례가 되자 노래는 잘 못하니 춤을 추겠다고 했다. 두 눈을 딱 감고 남진의 '임과 함께' 노래에 맞추어 개다리 춤을 신나게 추었다. 자신이 생각해도 우스웠다고 했다. 무슨 용기였는지 지금 생각해도 알 수 없는 일이었단다. 모두가 박수를 하며 즐거워했다. 그런 김화순을 접근해 온 남자가 있었다.

　객지생활 반 년 만에/ 친구들과 갔던 모임//

한 남자가 입대를 한다고/ 송별회를 하였다

내가 노래할 차례가 되자
'임과 함께' 장단에 맞춰/ 개다리 춤을 추었다

화끈한 태도가 좋았다며/ 인연의 끈이 뻗어왔다//
평생을 함께 할/ 그 소중한 우리의 인연이.

―「인연」 전문

그날 만난 한 남자가 김화순의 춤이 화끈해서 마음에 들었다며 다른 친구들에게 말했던 모양이었다. 친구들은 김화순이 그 남자를 정복했다며 놀려댔다. 어디에서 무엇을 하는지도 모르는 남자가, 그것도 한번 잠간 보고 헤어졌는데 자기 이야기를 하고 다닌다니 화가 났다. 따져야겠다고 생각하고 만나자고 했다. 만나면 싸우려고 헐렁한 티에 청바지를 입고 슬리퍼를 신은 채 나갔는데, 그 남자는 쑥색 양복을 말끔하게 차려입고 약속한 봉천동 집시다방으로 먼저 나와 있었다. 김화순은 화를 내면서 다그쳤다.

"말조심 하세요. 왜 친구들에게 내 말을 해서 이상한 소문이 퍼지게 해요?"

남자는 무슨 소리냐며 본의는 아니지만 그런 소문이 난데 대해 사과를 한다고 했다. 김화순은 그를 이해하고 봉천동 고갯길을 함께 걸었다. 남자는 걸으면서 물었다.

"화순씨는 결혼하면 어떻게 살 생각이에요?"

"나는요, 결혼하면 시골에서 소 키우고 돼지 기르면서 밥한 솥 해놓고 오가는 사람들과 함께 나눠먹고 살 거예요."

김화순의 대답에 남자는 시무룩한 표정으로 말했다.

"꿈이 참 소박하네요."

그러면서 자기는 경남 의령의 신반면 막곡리 182번지에서 태어났고 이름은 이문두李文斗라고 했다. 오남매 중 맏이인데 17살 때 어머니가 돌아가셨다고 했다. 그 때 두 살이었던 막내가 죽은 어머니의 가슴을 파고들며 젖 달라고 울던 모습은 지금도 눈에 선하다고 했다. 그가 25살이었을 때 아버지마저 세상을 떠나자 남매들은 모두 뿔뿔이 흩어져 살고 있다고 했다. 그 소리를 듣는 순간 가슴이 찡해 왔다.

"그럼 고아네요. 그런데도 어떻게 살았어요?"

남자는 눈물을 글썽거리며 한참 만에 목이 멘 소리로 결혼상대는 신중히 골라야 한다고 했다. 뚱딴지같은 대답이었다. 그리고는 헤어졌다.

그 때부터 김화순은 그 남자가 참 불쌍하다는 생각을 했다. 남자는 무엇을 하며 어떻게 살고 있을까 궁금했다. 또 뿔뿔이 흩어진 그의 남매들을 어떻게 한데 모여 살게 할 수는 없을까 하는 생각이 머릿속에서 맴돌았다. 그렇게 하자면 누군가는 희생을 해야 하는데 누가 그렇게 해줄까? 하는 생각이 들자 갑자기 그에 대한 연민의 정 같은 것이 밀물처럼 몰려왔다. 참 이상한 일이었다. 그 남자의 외모나 직업 같은 것보다 마냥 가엾다는 생각만 머릿속을 가득 채웠다.

고민 끝에 결심했다. 자기가 도와야겠다고. 아버지가 그렇게 걱정하시던 말씀은 화톳불에 눈발처럼 사라지고, 김화순은 그 남자와 제2의 인생을 설계할 결심을 했던 것이다.

> 내 나이 스물한 살 꽃망울 맺을 시 절
> 사랑보다 연민으로 만난 그대
>
> 그의 직업도 모른 채
> 해말끔한 차림을 따라

어느 날 같이 출근을 했다

그의 직장은 신축 공사현장이었다
초라한 밀짚모자와 허름한 작업복이
그를 기다리고 있었다
순간 나는 으악 소리를 쳤다

공사현장
벽에 풀칠하는 것이 그의 일었다
마음은 얼어붙으며 눈물이 흘렀다

연민의 고리가 사랑이 되어
먹구름과 우박으로 몰려왔다.

　　　　　　　　　　　　　　　－「동정의 고리가」 전문

　그해 가을에 김화순은 부모님께 이 사실을 알렸다. 아버지는 벽력같이 화를 내며 사기꾼한테 걸렸다고 당장 모든 것 그만두고 집으로 내려오라고 소리쳤다. 그러나 어쩔 수 없었다. 결심을 바꿀 수는 없었다. 오로지 그 남자의 남매들과 함께 모여 살 수 있는 길을 찾아야 한다는 생각뿐이었다.

　아버지는 계속 딸의 일을 두고 어머니만 들들 볶아댔다고 했다. 김화순은 남자와 함께 아버지를 뵈러 문경으로 내려갔다. 아버지는 문전박대를 했다. 그냥 돌아섰다.

　몇 달이 지났다. 고향을 다시 찾아갔다. 남자는 고향에 2,000평이나 되는 과수원이 있다고 거짓말을 하면서, 아버지께 걱정 마시라고 했다. 절대 고생 안 시키겠으니 결혼을 허락해 달라고 간곡히 말했다. 그래도 아버지는 허락을 하지 않았다.

　그 다음해 봄에 두 사람은 대림동에 방 하나에 부엌 하나 달린 집

을 얻어 동거를 시작하면서 남자의 동생 둘을 데려왔다. 막내 남동생
은 초등학교 6학년이었는데 서울문창초등학교로 전학을 시켰고 여
동생은 백양메리야스에 취직을 시켰다. 좁은 방에 함께 지냈지만 즐
거웠다. 한 집에 산다는 것만으로도 마음이 참 행복했다.

　그 해 가을에 결혼 날짜를 잡아서 고향에 알렸다. 그리고 고향에
내려가서 소 한 마리를 팔아 달라고 떼를 썼다. 김화순이 어렸을 때
아버지가 시집갈 밑천으로 소 한 마리 주겠다고 했는데 그 약속을 지
키라고 했다. 아버지는 딸의 결혼을 반대했기 때문에 소를 팔아주지
않았다. 소를 팔아주지 않으면 서울 가지 않겠다며 며칠을 버티었다.
자식 이기는 부모는 없다고 한다. 농암장에 가서 소 두 마리를 팔아
오셨다. 아버지는 술을 한 잔 하시고 하소연을 하시면서 돈을 방바닥
에 던지셨다. 소 두 마리 값이면 큰돈이었다. 친정은 그 돈 없어도 살
지만 김화순은 한 푼이 아쉬웠다. 그 돈을 몽땅 가지고 다음날 새벽
에 도망치듯 서울로 돌아왔다.

　　　아버지는 소 장수였다
　　　오일장 마다 큰 소 팔아 송아지를 사오셨다
　　　내가 중3 때이었던가
　　　암소 한 마리를 내 시집밑천이라고 지정해 주셨다

　　　객지에서 살다가 21살에 돌아와
　　　시집간다고 소 팔아 달라고 졸랐더니
　　　아버지는 오일장에 가서
　　　소 두 마리를 팔아 와서 협상하자고 했다
　　　"그래 어쩔래. 이 돈이 소 두 마리 값이다.
　　　반으로 가를래? 다 가져갈래?"
　　　옆에서 아버지 눈치와 내 표정을 살피던
　　　어머니가 한마디 거든다.

"설마 지도 사람인데, 반은 주고 가겠지."

나는 그 돈만 가지면 살겠다 싶었다
"다 주세요. 아버지는 그 돈 없어도 살잖아요."

"저 지지바가 콩까풀이 씌어도 유분수지."
아버지는 돈을 방바닥에 패대기쳤다
나는 얼른 그 돈을 주워가지고
골방 호롱불 밑에서 세어보니
일백팔십만 원이었다
아버지, 어머니가 뭐라고 했지만
나는 들은 척도 안했다

이른 새벽에 살그머니 집을 나왔다
서울행 버스 첫차를 탔다.

그 돈으로 사업을 시작하였다
20년 만에 시골 부모님을 모셔왔다.
서울에서 한 지붕 아래 7년 동안 살았다.

남편과 나는 부모를 정성껏 모셨다
아버지는 딸년은 얄미운 도둑년이라며
행복한 표정으로 한 마디 던졌다
내 딸년이지만 지독한 년이었다고…….
―「딸년은 예쁜 도둑」 전문

　예쁜 도둑이 되어 아버지에게서 빼앗아온 돈으로 살아갈 대책을 찾아야 했다. 우선 낙찰계로 돈을 불려서 이듬해에 화곡동에 지물포를 차렸다. 천성이 성실한 남편은 벽지 바르는 일을 열심히 했다. 노력의 대가는 충분했다. 가게를 늘리고 1990년부터는 건설업을 시작했다. 김화순은 인테리어업을 했다. 일감은 밀렸고 사업은 빠르게 성장했다. 그 사이 태어난 두 딸도 잘 자라주었다.

이 이야기를 1992년 봄 TV 아침마당 『반대결혼성공사례』 공모에 당선되어 방영도 되었다. 1995년에는 막내로 아들도 태어났다. 2005년에는 가게를 20평으로 늘려서 같이 살던 시동생에게 반, 시누이에게 반을 물려주고 그 장사는 마감했다.

김화순 시인은 2002년에는 단독주택을 사서 문경에 계시는 친정 부모를 서울로 모셔왔다. 정봉正鳳이란 아호로 항상 가슴에 안고 살던 부모님을 한 지붕 아래 모시고 사는 꿈만 같은 행복을 이룩해낸 것이다. 부모님은 많이 쇠약해 있었다. 술을 좋아하시고 성질이 괄괄하셨던 아버지 때문에 젊은 날 많은 고생을 하신 어머니 모습을 떠올리니 김화순은 참으로 안쓰러웠다.

> 금복주 대병이
> 옆에 없으면 불안하다는 아버지
> 한 손을 떨면서도 소주를 찾았었지
>
> 허리 못 펴고 일만 하시는 엄마에게
> 온 종일 뭣하고 왔냐며 아버지는
> 저녁상을 마당에 휙 집어던졌다
>
> 마당에 엎드렸던 아롱이가
> 재빠르게 달려들어
> 허겁지겁 진수성찬을 받는다
>
> 엄마는 한숨을 쉬며 궁시랑 거렸다
> 술이 원수지 잘한다. 잘 해!
> 아이고, 내 팔자가 왜 이런노?

죽 쒀서 개 주는구먼.

―「술이 원수지」 전문

어머니는 그러면서도 아버지에게는 참 잘 하셨다. 음식 솜씨도 좋았고 자식에 대한 사랑도 남달랐다. 맛있는 나물무침을 해주던 어머니의 손맛이며 머리에 붙은 똥껌 때문에 벌였던 소동이 떠올랐다. 모두가 그립다. 그리움은 그대로 시가 되었다.

내 어릴 적 울 엄마는
뒤란 채소밭에서
소꿉배추 두어 포기를 뽑아 다듬어
펄펄 끓는 무쇠 솥에 삶아
물속에 살살 흔들어 꼭 짰다

도마 위에 놓고 송송 썰어
누른 양푼 안에서 진간장 참기름 깨소금 넣고
돌리고 굴리며 얼버무린다

요리조리 조물조물 바락바락
고소한 냄새가 솔솔 난다
역시! 나물 무침은 어머니의 손맛이다.

―「나물 무침」 전문

어머니의 나물무침 맛은 영원한 고향 맛이고 잊지 못할 어머니의 손맛이며 간절한 그리움이었다. 어머니는 시장에 가면 꼭 군것질거리를 사오셨다. 자식에 대한 사랑이었다. 하루는 풍선껌을 사오셨는데 그것이 사고가 되어 혼이 나기도 했다. 그것도 그리움이었다.

오일장 다녀온 엄마가/ 풍선 껌 한 통을 사왔어
온종일 그걸 씹으며/ 요술풍선을 불어댔지

똥껌이 되도록 씹다가/ 잠자리에 들 때
아랫목 비름박에 붙여 놨더니
따뜻한 방바닥으로 흘러내려
머리카락에 붙어 얽혀버렸어

머리카락은 비벼댈수록/ 더 엉기고 붙어서
감당을 못하게 되니까

어머니는 아버지 이발기로
내 머리칼을 빡빡 밀고는
뽀뿌린 분홍수건을 씌워 주었지

나는 그 자리에 주저앉아
똥껌이 머리카락 빼앗아 갔다고/ 악을 쓰며 울었지
이제는 추억이 된 그리운 이야기야.

－「똥껌」 전문

　김화순 시인은 열심히 살아온 많은 일들을 돌이켜 보며 글을 쓴다. 어머니는 이름자도 못 쓰는 문맹이고 아버지는 평생 소를 기르고 논밭을 가꾸며 순박하게만 살아오신 분이시다. 그래서 읽고 쓰지 못하는 부모님의 원풀이로 많은 글을 열심히 쓰고 있다. 부모님의 체취가 풍기는 삶의 자취를 기록으로 남기고자 자신의 삶과 문학을 숨김없이 진솔하게 나에게 이야기했고 이것은 입지전적인 삶의 기록이 되겠다고 생각했다.
　눈에 넣어도 아프지 않을 김화순 시인의 아들은 얼마 전에 입대를 했다. 군대로 가는 아들 모습에서 처음 만났던 남편의 모습을 떠올리며 다음과 같은 시를 썼다.

온종일 두고 보아도 귀여운 내 아들
아장아장 걸을 때
절구통에 채소 넣어 콩콩 찌어대며
울 아버지 약 짜준다던 아들이
언제 이리 자라서 군대를 간단다

대학 기숙사에서 온 아들의 전화
"어머니 저 군대가요, 20일 남았어요."
순간 울컥하며 가슴 덩어리가 솟는 듯한 기분이라
나는 소리를 버럭 질렀다
"야! 뭐 그리 빨리 나왔누?
무슨 놈의 부대가 그리 빨리 데려가려고 그래!"

아들도 한숨을 쉬며 말했다
"그러게요. 난들 아나요?
군대에서 내가 빨리 필요한가 봐요."
"알았다 어쩌니 갔다 와야지……"
아들은 응석부리처럼 말했다
"어머니 나 이제부터 엄마라고 부를 게요.
엄마 사랑해요, 군대 갈 날이 나오니
엄마 아빠 생각이 먼저 떠오르네요."
"아들아! 사랑한다. 군대에서 남자 되어 와야지."

나는 울음이 폭발할 것 같았다
전화를 끊고 서재로 왔다.
인터넷으로 102보충대를 찾아보니
춘천댐 부근이었다.
다행이란 생각이 들어 마음이 놓였다.

부모 된 마음이 이렇구나.
아들 군대 갈 때
어머니들이 울고불고 하는 마음을 몰랐는데
이제는 그들 심정을 알 것 같다.
'모두 이런 마음이었구나.'

자리에 누워 멍하니 천정을 바라보며
주르르 흐르는 눈물을 닦았다.
아들 입대할 땐 웃음을 보여주고
돌아와야겠다고 다짐해 본다.
—「아들의 입대」 전문

김화순 시인은 자신도 앞만 보며 열심히 살아왔지만 어떤 어려움
도 운명으로 받아들이며 성실하게 살아온 남편을 지켜본 일들도 모
두가 감격이고 문학이었다고 했다. 그래서 작가가 되었고 이 책은 그
렇게 살아온 남편 이문두李文斗의 진갑연에 바치고자 한다고 했다. 어
머니 아버지의 영가靈駕에도 위안이 되었으면 좋겠다는 말을 덧붙였
다. 시인 김화순의 정봉의 높은 뜻과 많은 업적에 큰 박수를 보내며
독필禿筆을 줄인다.

책을 펴내며

출가한 딸이 세워야 탈이 없다기에
부모님 산소에 비석을 세우며
내 마음의 글 한 소절을 비석 위에 올렸습니다.

석공은 글을 눈물로 새기며 마음이 아렸다고 했습니다.
팔남매의 맏이로서 효도 한 번 못한 것이 마음에 걸린다며
아름다운 글이라고 칭찬해주기에 나는
그 순간 마치 시인이 된 것처럼 착각을 했습니다.

그 후 용기를 얻어 시·수필 창작 반에 다니며
문학에 파고들었습니다.
우연히 들어선 이 길이 지금 내 삶에 큰 행복을 주고 있습니다.

배움이란 참으로 행복하고 즐겁습니다.
나의 에너지가 어디까지인지 모르지만 창작에 끌리는
그날까지 펼쳐보겠습니다.
내 안에 숨어있는 더 큰 힘을 찾아내겠습니다.

봄비 올리던 해

명주실 타래

정봉 김화순의 자전적 서사시집 증보판

개정증보판 1쇄 · 2015년 7월 30일

지은이 | 김화순
펴낸이 | 서영애
펴낸곳 | 대양미디어

출판등록 2004년 11월 제 2-4058호
100-015 서울시 중구 충무로5가 8-5 삼인빌딩 303호
전화 | (02)2276-0078
팩스 | (02)2267-7888

ISBN 978-89-92290-82-1 03810
값 15,000원

이 도서의 국립중앙도서관 출판예정도서목록(CIP)은 서지정보유통지원시스템 홈페이지
(http://seoji.nl.go.kr)와 국가자료공동목록시스템(http://www.nl.go.kr/kolisnet)에서
이용하실 수 있습니다.(CIP제어번호 : CIP2015019172)